那該死的光榮歸於先鋒戰隊。

king glory to Spearhead squadron

EIGHTY SIX

The number is the land which isn't
admitted in the country.
And they're also boys and girls
from the land.

ASATO ASATO PRESENTS
[作者] 安里アサト

ILLUSTRATION／SHIRABII
[插畫] しらび

MECHANICALDESIGN／I-IV
[機械設定] I-IV

Kadokawa Fantastic Novels

86

—不存在的戰區—

These fragments turned the boy
into the Grim Reaper.

[Ep.10]

— Fragmental neoteny —

幕間SD插畫：Ⅰ-Ⅳ

〈Pledge〉
FRAGMENTAL NEOTENY
The dead aren't in the field.
But they died there.
[EIGHTY SIX]
幼態延續：斷章〈誓言〉
These fragments
turned the boy
into the
Grim Reaper.

6

沒有恐懼。

第一次上戰場，卻毫無恐懼。

無論是撕裂空氣或是驚天動地的激越砲聲；阻擋去路的戰車型（Löwe）——戰鬥重量多達五十噸的自律無人多腳戰車的威勢；悄然鑽進駕駛艙的鋼鐵燒焦味；自機刺耳的行走聲或激烈的震動；還是在這距離下震得腹腔深處發麻的臨死悲嘆，都不例外。

甚至連幾乎於遇敵的同時被穿甲彈直接擊中，就在自己身邊變成鋁合金與血肉混合物的友機的淒慘模樣也是。

那是他在訓練所最要好的朋友。

在不滿一個月的訓練期間，對方常保開朗的聲音與笑起來的表情，他都很熟悉。

就在一瞬間，戰車型的一二〇毫米高速穿甲彈（APFSDS）初速為每秒一千六百五十公尺。砲彈命中的速度比砲聲來得更快，而其超高速度與貧化鈾彈芯的重量帶來的龐大動能，能夠輕易貫穿「破壞神」薄弱的裝甲，更別說其中脆弱的人體。

想必是——當場死亡吧。

可能連發生了什麼狀況都還來不及理解。

儘管這是否能算是一種安慰，他至今仍不清楚。

不知是火焰的顏色、人血焚燒的氣味，抑或是絲絲灼痛皮膚的戰場空氣本身所導致。

他感知到某種開關喀的一聲開啟了。

他以前也不知道有這個開關。那是如果可以和平度過一生，想必永遠不會意識到其存在的——某種堪稱鬥爭本能的部分。

可以感覺到敵機的準星轉了過來。不知道為什麼，他知道戰車型砲塔內部的自動裝填裝置已經裝上了下一枚砲彈。當實際上砲塔在毫秒微差之後開始旋轉時，他已經把操縱桿往旁一推，將自機送上閃避的軌道。

接著是砲聲。

於極近距離擦身而過的穿甲彈，彈體帶來的衝擊波拍打著裝甲。單薄的鋁合金裝甲被震得發出啪啪哀號，但這點程度還不至於使它破裂。背後挨了流彈的倒楣大樓往外撒落水泥內臟，喀啦喀啦地叫苦。

自機的——「破壞神」的射擊線暢通了。「軍團」將毫無防備的側面暴露在往斜前方閃避的他面前。

定睛注視之後，他——過去還被當成人類看待時有過辛耶·諾贊這個名字，才剛滿十一歲的年幼處理終端（Processor），扣下了扳機。

小隊四架機體聯手出擊勉強打倒一架戰車型後，組成二機分隊的新兵「破壞神」其中一人，才剛遭遇到另一架戰車型就被一砲打死。

「克魯斯！糟了……！」

隔著紛飛細雪與成群「軍團」窺見那個場面，東部戰線第三十五戰區第一戰隊「斧槍」的戰隊長愛麗絲・阿拉伊什不禁嘖了一聲。

此時陣亡的泰特・克魯斯在沒受過充分訓練就被丟進戰場的年幼處理終端們當中，是個難得有天分的少年。學習得快，膽量大，個性又開朗果斷，在十歲出頭才剛開始長高的新兵當中就像個領導者。

原本認定以他的實力，後衛的火力拘束任務勉強還應付得來。

結果還是失策了。就算戰隊人數大幅少於規定人數二十四人，導致人手不足，也不該讓新兵搭檔。

對抗各方面性能與數量皆在己方之上的「軍團」，戰況永遠是慘烈的。入隊人員一年後的存活率不到千分之一。在這樣的戰場上……

倖存的另一架「破壞神」沒有動作。

想起那架「破壞神」的駕駛員（Operator）——文靜溫順的少年，愛麗絲咬牙切齒。他跟泰特正好相反，她心裡早就覺得這個在群體之中格外矮小的最年少的少年兵活不了太久。

「破壞神」沒有動作。

看在腎上腺素生效使得時間感覺變慢的愛麗絲眼中，像是被朋友的淒慘死法與敵機的威勢嚇得無法動彈。

附近沒有能夠掩護他的友機。

愛麗絲自己也仍然被成群敵機包圍，想去救援也力不從心。

太晚了。做什麼都是白費力氣。

她很清楚，但還是叫道：

「——諾贊！快後退……」

就在這時……

「破壞神」有動作了。

5

五七毫米戰車砲彈不偏不倚地直接擊中戰車型的砲塔側面——很乾脆地被彈開了。

「……果然沒用。」

辛從「破壞神」的光學螢幕看出這個狀況，喃喃自語。

戰車就屬砲塔周圍的裝甲特別厚。雖然這點別人已經教過他，但看來就連比起正面應該較薄的砲塔側面裝甲，「破壞神」的主砲都打不穿。

戰車型的光學感應器與戰車砲的準星轉了過來。辛於看清狀況的同時將武裝切換為兩挺一二・七毫米重機槍（HMG）進行掃射……可想而知，一樣沒用。只是感應器附近中彈使得戰車型停步了一瞬間，辛趁機逃離射擊線。

戰車型轉動砲塔頂部的重機槍追趕其後。「破壞神」不像戰車型，連正面裝甲都擋不了重機槍子彈。辛後退躲掉彈幕，隨即往旁移動，有驚無險地退離一二〇毫米戰車砲彈的發射軌道。

辛短促而銳利地呼了口氣。

看來機槍是派不上用場了，火力完全不足以對付戰車型。

「破壞神」對操縱的反應很慢。這架無法做出跳躍與轉彎動作的戰時趕製兵器，就連追隨性都差得可以。

照目前的狀況，無論如何都不可能繞到能攻擊裝甲更薄的後部或砲塔上方的位置。

定睛盯著敵機的巨大身影，冷寂的血紅雙眸顯得不合年齡地意興索然。

那雙冷靜透徹不帶感情的眼睛，與他正在對峙的戰車型的光學感應器竟有些神似。

……既然這樣……

起初愛麗絲以為他能躲掉戰車型的第一砲純屬巧合或是走運。

但接下來的機槍掃射加上連戰車砲的第二擊都躲開，就不能再說是運氣或巧合了。

辛用分明屬於多腳機動兵器(機甲)，運動性能卻極低的「破壞神」特有的某種拖拖拉拉的難看動作往旁閃避，機體像是裝了彈簧般順勢往戰車型衝去。

愛麗絲看出他的意圖，心裡一陣戰慄。

「破壞神」的五七毫米砲威力很弱，如果是裝甲較輕巧的斥候型(Ameise)或近距獵兵型(Grauwolf)還另當別論，但重量級的戰車型別說正面，就連側面視距離而定都能把它彈開。

不過，只要更接近敵機——藉由縮短距離的方式維持與飛行距離成反比的砲彈速度，在著彈時還能保有更多動能的話……

理論上來說沒錯。

但是面對擁有一二〇毫米戰車砲的大火力以及相當於六五〇毫米壓延鋼板的裝甲防禦，更以「破壞神」望塵莫及的離譜機動性能為傲的戰車型，想單騎挑起近身戰簡直是瘋了。

何況他是今天才剛初上戰場的少年兵。

「別——」

戰車型轉向他。

像是在責怪或嘲笑慢速的「破壞神」不知天高地厚，五十噸的巨大機體無聲地踹了地面。高性能的驅動器與避震裝置造就了「軍團」特有的無聲機動動作。它憑著從靜止狀態瞬間達到最高速度的猛烈加速，轉瞬間迫近「破壞神」的眼前。

戰車型高舉它那鐵樁般的腿部想把小蟲踩爛，辛的「破壞神」也幾乎於同一時間將鋼索鈎爪射進斜前方的地面。

被捲動的鋼索拖著於地面滑行的「破壞神」鑽過了這記蹴擊，再次闖入戰車型的側面位置。零距離。

五七毫米砲咆哮了。

這次換成戰車側面，裝甲比砲塔薄的部位，從本來不屬於戰車砲攻擊範圍的極近距離，以無從閃避的時機……

高速穿甲彈直接命中。這次終於貫穿了它的裝甲。

內部構造遭到破壞的戰車型噴出火焰。下個瞬間，貧化鈾彈芯引發燃燒效果，把砲塔內部的彈藥引爆炸飛。

『什……』

某個戰隊隊員的驚愕透過知覺同步傳進耳裡。

無可厚非。愛麗絲也倒抽一口氣，視線無法離開那幕光景。就連除了被灌輸的殺戮本能以外不具意志與情感的「軍團」，都像是無法理解狀況般暫時停止戰鬥。

燃燒的紅黑火焰將戰車型變作鐵青暗影包覆其中，融解覆蓋瓦礫的積雪。火光的反照將佇立

Illustration:I-Ⅳ

的「破壞神」裝甲染成朱紅。

染紅了那具色如枯骨，簇新的白茶機體。

看起來就像匍匐徘徊於戰場尋找自己失落的頭顱，無頭的不祥骷髏。

4

五年前，自律無人戰鬥機器「軍團」與世人爆發了戰爭，愛麗絲他們從此不再是人類。

他們的祖國聖瑪格諾利亞共和國人口大半數皆為銀髮銀瞳的白系種，他們似乎宣稱其他民族都是與敵國狼狽為奸的敵性國民。愛麗絲不太能理解這個邏輯。總之愛麗絲他們就這樣被趕出只有白系種——人類有資格安身的樂園，也就是要塞牆內的八十五個行政區，變成了「棲息」於不存在的「第八十六區」強制收容所與戰場的人彘「八六」。

以博愛為國策之一的共和國不贊同讓國民上戰場，無奈用以對抗「軍團」的無人機又開發失敗。

國防，與理念。兩者很容易就找到了折衷點。

八六不是人，所以讓他們搭乘就是無人機，而不是有人機。

有人搭乘式無人戰鬥機器「破壞神」。

以處理終端的名義搭乘這所謂的「無人機」，在共和國盛讚為先進又人道、戰死者為零的戰場上，愛麗絲——八六們今天依然與「軍團」廝殺不休。

不只是處理終端，八六的年齡結構整體極低。

只因成年人幾乎全數死於最初的兩年，使得現在存活的大多都是孩童。愛麗絲環顧這個十七歲的她都還屬於年長族群，盡是少年兵的戰隊。

東部戰線的前線基地，與要塞群「鐵幕」相隔了一百公里的距離還有「反人員」兼反戰車地雷區。這裡是經過日曬與風雨而褪色的軍營隊舍當中與機庫相鄰的簡報室。

「今天諸位也辛苦了……很遺憾地無法避免人員捐軀，但大家都打得很好。」

她有著一頭黑色的直長髮，以及同樣是黑色的一雙鳳眼。以沙漠迷彩野戰服包覆肉感高挑身材的愛麗絲，是戰鬥資歷已進入第三年的處理終端老兵。

纏在脖子上的天空色領巾襯托出她瀟灑帥氣的美貌。她的目光停留在房間一隅，用沒塗口紅卻依然紅豔的嘴脣苦笑。

「——辛耶．諾贊，什麼時候不好睡偏偏選在這時候，膽子真不小啊。」

聽到她的聲音，坐在房間後方的折疊椅上迷迷糊糊打瞌睡的矮小男孩身體抽動一下，抬起頭來。

給人深刻印象的血紅雙眸，此時以符合年齡的稚嫩抬頭看著愛麗絲。

他有著色澤比愛麗絲更深的漆黑頭髮，以及正好形成對照的白皙端正面容。成年人尺寸的野戰服一點也不合身，從中露出的頸項不知為何纏著繃帶，慘白的布條看了令人心痛。

「……對不起。」

有些高亢的嗓音，甚至尚未迎接變聲期。聽到他那巧妙地讓人提不起勁說教的聲調，愛麗絲加深了苦笑。

因為那聲音彷彿跟她記憶中嗓音同樣高亢而永遠不會改變的家人有些相似。

「好吧，沒關係。今天是你初次上陣，應該很累了……況且我們終究只是無人機的零件。豬群對高尚的共和國軍人大爺有樣學樣，大概也只會落得滑稽可笑吧。」

無人機「破壞神」的設計完全不考慮非人駕駛員的需求。駕駛艙窄小得可以，偷工減料的電木駕駛座徹底無視人體工學，處理終端總是隔著鋁製薄板直接暴露在動力系統的散熱與四腳的激烈震動下。

即使如此，人類還是能夠適應，但尚未進入成長期、身體還沒發育完成的新兵們一開始都很難熬。戰鬥機動折磨著他們的身體，有很多人因此再也無法戰鬥而遭到「廢棄」。

更何況，他的戰鬥方式又那麼亂來。

「那麼，既然有人已經想睡覺了，今天就此解散吧……諾贊，要睡覺可以，但別忘了回房間睡。」

聽到愛麗絲的挖苦，今天又勉強生還的戰隊隊員們哄堂大笑。冷不防親眼目睹同袍陣亡的新兵們神情還有點緊繃，但也勉強擠出了一絲笑容。

其中只有那雙紅瞳依然微微低垂，毫無一絲情緒波動，讓她感到有些掛心。

「可以問個問題嗎，愛麗絲？戰隊長閣下？」

前線基地雖然盡是十幾歲的少年少女，但「破壞神」的整備人員例外，大半都是二十幾歲以上的人。

因為他們大多是曾為軍人的八六，後來直接被放逐趕進戰場，負傷後就被轉調到整備班。不同於要多少有多少的處理終端，整備需要專業知識與技術。即使再也不能戰鬥，也不能說廢棄就廢棄。

「開這玩意兒的，是今天初次上陣的小蘿蔔頭對吧？這個小傢伙怎麼會才打一場，就把機體的行走系統搞得這樣破破爛爛的？」

一手撐在待機狀態的「破壞神」上苦著臉的整備班長葛倫，是個比愛麗絲大上七歲的紅髮青年。

看來機體狀態慘到就連在這屬於激戰區的第三十五戰區第一戰線的隊舍整備「破壞神」整整三年的他，都不禁露出這種表情。

「有這麼糟嗎？」

「驅動器快跑不動了。這沒得修，只能換一個。」

面對邊這麼說邊微微斜瞪過來的碧眼，愛麗絲聳了聳肩。

「聽了別嚇到。他跟戰車型單挑了。」

葛倫頓時閉起了嘴巴。

「……真的假的？」

「真的，而且就這樣獨力把它擊毀了。雖然後來由於驅動系統無法正常運轉，只能做掩護……他可是今天初次上陣的新兵，而且是那麼個小傢伙，前途堪憂啊。」

初次上陣的新兵嘔吐失禁是常態，不要誤射友軍就算不錯了。以損耗率極高的第八十六區來說，會變成常態性吐胃血與內臟，標準降低到能活著回來就值得嘉獎了。

「軍團」與「破壞神」的性能差距就是如此之大。

相較於曾為科技與軍事強國的齊亞德帝國毫不吝惜地投入高科技與凶猛本性催生出的「軍團」，「破壞神」只是無藥可救的拙劣機體。

低火力與薄弱的裝甲，加上連跳躍機動都做不到的運動性能，不過就是打算毫不吝惜地把沒價值的八六用完就丟，能開火就夠了的自殺兵器。

就連遇上輕量級的近距獵兵型，一對一都會陷入苦戰。

更別說與「軍團」主力的戰車型單挑……就連已可算是老兵的愛麗絲都不見得辦得到。

想起那看在旁人眼裡像是瘋了的魯莽突擊，愛麗絲嘆一口氣。

「是我看走眼了。像他那樣的孩子，照理講大多都活不久。」

最近補充的新兵當中，像他那樣彷彿缺少了某個部分的孩子越來越多。

那些孩子缺乏情緒變化，對事物不怎麼關心或執著，也迴避與旁人的交流。

像那樣的孩子，在這第八十六區的戰場死得很快。他們很難得到同袍的掩護，甚至連求生意志都很低。大抵來說經過一兩次的戰鬥……就會一去不返。

她覺得無可厚非。

愛麗絲在戰爭爆發，與其他八六們一起被送進強制收容所時已經十三歲了。那個年齡對事物以及世界都有某種程度的了解，自我也已經漸漸成形。

相較之下，辛以及年紀相仿的新兵們收容時不過是七八歲的孩童。

他們在不明就裡的狀況下突然被人拿著槍枝驅趕，被迫在鐵絲網與地雷區環繞的強制收容所度過家畜般的生活，甚至在兩年內失去父母、祖父母以及兄姊等所有家人……要維持正常的心靈太難了。

更何況辛很明顯是帝國貴種——製造出「軍團」的敵國人種，而且具有濃厚的貴族階級血統。像他那樣的血統，在強制收容所內會被指責「都是你們『帝國人』害的」而遭到進一步的排斥與悽慘的迫害。

遭受歧視的八六也並不是心地純潔的受害者。

世界總是冷漠對待少數的弱勢族群。

葛倫用鼻子哼了一聲。

「……那小子叫辛是吧？妳就多關心他一下吧。」

被他這麼說，愛麗絲眨了一下眼睛。

「這……我是戰隊長，這是我應盡的義務。但你為什麼這麼說？」

葛倫仍然看著眼前的「破壞神」，不曾望向她。

「我是沒有『看』得很清楚啦……但他好像會怕年紀比他大的男人。就是個頭大、嗓音低沉，正好跟妳差不多年紀的男人。」

「…………？」

葛倫說他有能夠「看見」他人情感的異能。

這似乎跟紅髮一樣遺傳自父系，程度微弱，但他的這種能力幫助過愛麗絲很多次，她現在自然不會再有所懷疑。

「所幸妳是女的。他好像還不會怕妳，所以……」

「這表示……他在收容所或訓練所，有男人對他……做過某些暴力行為嗎？」

強制收容所的內部秩序崩潰已久，只會在訓練所、運輸任務或指揮管制上與八六有所往來的共和國軍人再怎麼委婉也只能說是一群人渣。

「那方面我看不見，所以不知道……只知道大概跟脖子有關。因為在脖子的繃帶底下，怎麼說……可以看到像項圈或鎖鏈一樣，纏住不放的情分。」

「…………」

處理終端全都在脖子後方，植入了知覺同步用的擬似神經結晶（同步裝置）。

雖然是在第八十六區戰場存活所不可或缺的東西，遺憾的是植入方式就跟其他事情一樣隨便。偶爾會有處理終端本來應該打進皮下部位卻傷到脊髓，導致身體癱瘓落得廢棄處分，而且有時會因為沒做多少麻醉與消毒使得傷口很難痊癒。

本以為辛脖子上的繃帶是因為植入傷口還沒痊癒，難道說另有原因……？

「……知道了。我會多注意他一點。」

3

隔天，立刻就發生了不是稍稍注意一下就好的狀況。

「——只不過一下子沒盯緊，好像就走散了。應該說諾贊那傢伙搞不好是自己離隊的……」

小隊長臉色鐵青地跑來報告，說辛與他的「破壞神」在巡邏途中不見了。愛麗絲忍受著頭痛搖搖頭。

「軍團」具備強效的電磁干擾專用機──阻電擾亂型（Eintagsfliege），除了無線電之外也能讓雷達完全失效。為了不遭受敵軍奇襲，每天的巡邏工作不可少。第八十六區各戰隊這種令人提心吊膽的例行公事時常還會直接碰上「軍團」先遣部隊，就這樣一發不可收拾地進入戰鬥。

而戰隊最年少的新兵居然在巡邏過程中失蹤。

「……了解。我帶我的小隊去找他吧。麻煩其他小隊繼續巡邏。」

幸好她後來找到了給人找麻煩的小傢伙，而且人好好的。

「──諾贊。」

聽到呼喚的聲音，佇立於飄零雪花與焦灼瓦礫中的辛轉過頭來。

與「軍團」開戰才經過半個月，共和國正規軍已經潰不成軍，放棄大半國土並讓共和國國民逃進要塞牆內避難，所以現在化作戰場的都市廢墟當中沒有人影。

除了不是人類的八六以外。

愛麗絲下了自己的「破壞神」，苦笑著走向他。哪裡溫順了？看來這孩子挺不聽話的。

「你在巡邏途中搞失蹤，還以為你出事了呢……『軍團』有可能躲藏在任何地方，不要一個人擅自行動。」

「『軍團』以戰車型來說重量高達五十噸卻能無聲運轉，有時甚至要逼近眼前才終於能察覺到它們的存在。

「更別說你竟然在戰場上卻不駕駛機體……一碰到自走地雷你就完了。」

「對不起……不過，這附近目前沒有『軍團』。」

嗯？愛麗絲偏過頭。

口吻聽起來莫名有自信。

辛踩過層層重疊的瓦礫，步下高高堆起的鋼筋水泥小山來到她身邊。明明穿著鞋底堅硬的戰鬥靴，卻不會發出腳步聲。與矮小體格完全不搭調的七．六二毫米突擊步槍的槍身在他的肩頭搖晃。

「所以，你在這裡做什麼？」

愛麗絲找到辛時，他佇立在瓦礫小山上，看似在找尋什麼東西。

被這麼一問，血紅眼睛變得略為暗沉。

「……我想找泰特的遺物。」

聽到這個回答，愛麗絲一時無言以對。

「我想屍體應該沒留下來，所以就算是機體碎塊也好……我是這麼想的。」

在辛望去的方向，廢棄都市中那條昨天的戰鬥在柏油地上留下焦痕的大街，除了焦痕以外

「什麼都不剩」。

泰特那架拋錨的「破壞神」也是，辛擊毀的戰車型殘骸也是。還有後來被擊毀三架的友機，以及他們打倒的輕量級「軍團」也是，就連那些機體的部分碎塊都沒留下。

「……『軍團』有專用的殘骸回收機……回收運輸型（Tausendfuessler）。那點程度的遭遇戰，殘骸一個晚上就會被拿光了。」

被擊毀的敵我機體、砲彈破片、棄置的軍事基地遺留的戰鬥機或軍用車輛——「軍團」們在戰鬥的同時也貪婪地回收這些資源，將它們搬運到「軍團」支配區域最深處的自動工廠型（Weisel）肚子裡。本身也屬於自律機器的巨大生產工廠會吞食回收的殘骸，源源不絕地量產出烏雲翻湧般的新一批「軍團」。

直到將設定的敵人——如今已亡國的帝國以外的全人類消滅殆盡為止。

共和國這邊的前線基地其實也有背負同樣任務的自動機器。為了讓戰場人員基本上能夠自理一切，前線基地都附設了小規模的生產工廠與自動工廠。躲在要塞牆裡不出來的人類大爺小姐不會來到戰場，才需要這種性能高得沒意義的自動餵食系統。

所以說不定泰特的「破壞神」此時已經在他們前線基地的再生爐裡面了……但她沒說出口。用陣亡同袍的機體當成零件原料供「破壞神」戰鬥，就跟吃朋友的屍體求生沒兩樣。這種慘況……他還不用知道。

總之，愛麗絲破顏而笑。

原來如此，看來她是真的看走眼了。

表情與感情等等，或許是真的喪失了。對事物看樣子也不怎麼執著，而且如同到現在還是不肯正眼看她的態度，似乎也傾向於不與他人交流。

但是就算這樣，這並不代表他對別人毫不關心。

豈止如此……

「……你心腸真好。想替他撿遺物啊？」

在這連自己都不知道還有沒有明天，命在旦夕的戰場上。

辛微微擺動頭部。

他在搖頭。

「我本來可以警告他的，但我沒做到。」

紅色雙眸浮現出的微薄、僵硬的情感，難道是自責——……？

「那是第一次有『軍團』出現在那麼近的位置，所以，我沒想到它的速度會那麼快。可是，我早就知道它在附近了。我本來可以警告他的……都怪我不小心，他才會……」

愛麗絲忍不住伸出手。有人把手輕輕放在自己的頭上——換言之，高挑的愛麗絲與尚未進入成長期、個頭矮小的辛，身高就有著這麼大的差距——辛話說到一半被打斷，像是有些吃驚地僵硬了一瞬間，然後才抬起頭來。

愛麗絲回望著他說了：

「沒有他人警告就無法保命的人，反正都是活不久的。」

態度冷峻嚴肅。

她定睛盯著慢慢睜大的血紅雙眼，把話講明了：

「這裡就是這種戰場。自己的安全得靠自己保護，否則遲早會死。沒有人能永遠當別人的保母。」

火力薄弱的「破壞神」採用的基本戰術是多架機體聯手出擊，針對敵機裝甲較薄的側面或後方下手。

必須要同袍之間互相支援，才能在這戰場上存活。

但一個人能保護到最後的，到頭來還是只有自己。

在戰鬥中陷入孤立時；周圍的友機沒有餘力掩護自己時；自己以外的戰隊隊員——全數陣亡時。

這種狀況比比皆是。

要有他人保護才能保命的人遇到這些情況時必死無疑，而沒保護到他的人不用為此負責。

「所以，泰特的事你別放在心上。那不是你的責任……反而應該說最後能有你這個朋友，那傢伙算是很幸福了。」

「…………」

「把他記在心裡吧……這是你能做的最好的餞別了。」

在這戰場上，是獨一無二的餞別。

「……是。」

「要追究責任的話，應該由我這個戰隊長來負責……真對不起。」

辛再次微微搖了搖頭。他那沉靜的舉止讓愛麗絲面露微笑，再度輕拍、撫摸了幾下他的黑髮。果然是個好心腸的孩子，在這種世界裡卻顯得傷心慘目。

辛隔了大約一拍之後才略顯不滿地抬頭看她……看來是不喜歡被當成小孩子看待。

她放手後，辛不動聲色地拉開幾步距離，眼睛重新望向她。

「阿拉伊什上尉……」

「叫我愛麗絲就好。反正只是虛有其名的軍階。」

為了讓指揮體系明確化，處理終端全都有分配到軍階，儘管只是虛有其名，既沒有該有的待遇也不會支薪。

「……戰隊長怎麼會來這裡？」

看來忽然要他直呼年長者的名字還是有困難。

「沒什麼，就跟你一樣……泰特他們如果有留下遺物，我想代為撿回去。」

但她先不說自己的另一個目的是來找忽然翹掉巡邏任務，擅自亂跑給人找麻煩的小傢伙。

辛偏了偏頭。是愛麗絲自己說「破壞神」的殘骸都會被回收運輸型拿走的。大概是不懂愛麗絲為何明明清楚這點，還要來這一趟吧。

「對了，我還沒跟你們新兵說過呢……回去之後我再跟你們解釋。帶著你那被晾在一旁的搭檔，跟我回基地吧。」

在瓦礫背光處，辛那架被拋下的「破壞神」顯得有些寂寞地蹲伏在地。

「——這是昨天陣亡的泰特・克魯斯、艾德利・萊希、那那・歐瑪、阿馬拉・季的墓碑。」

簡報室。

面對在昨天戰鬥後減到十四人的戰隊隊員，愛麗絲舉起那些東西。

那是僅有幾公分大小，分別刻上四人姓名的金屬片。就只是在湊合著撿來的碎片上用釘子刮出文字，極其粗糙的物品。

牆內的共和國人要是看到這些滑稽的「墓碑」想必會嗤之以鼻，但在場的少年少女全都沒有露出半點笑意。

十四雙眼眸帶著各自與生俱來的色彩，但無一不是率直而真摯地注視著那些小得可憐的金屬片。

彷彿那在這個囚禁他們的戰場上是唯一向他們伸出的救贖之手。

「我們八六死了也沒有墳墓，名字早已從所有紀錄中被抹除，屍體也別想留下。所以，這就是我們的墓碑。刻下先走一步的同袍們的名字，我們的名字總有一天也會這樣留下……是我們八六活過的證明。」

縱然這種東西永不可能受到憑弔，甚或是被任何人看到，只會在戰場的角落遭受烈風吹打而朽爛，消逝得了無痕跡。

「我們立誓吧——將陣亡者的名字刻在他的機體碎片上，由存活的人帶著走下去。這樣最後一個生存者就能把其他所有人帶往他生命的盡頭。」

儘管在這由「軍團」主宰的第八十六區戰場——實際能弄到的大多不是當事人的機體碎片，只是湊合著用的金屬片或木片。

「讓我們記住他們。記住那些儘管只有短暫時日，曾與我們並肩作戰而先走一步的戰友。」

愛麗絲在第八十六區戰鬥了三年。

處理終端的年平均生存率不到〇．一％。曾經與她並肩作戰的人早已一個也不剩了。

這個部隊到頭來，大概所有人也都會留下她離去吧。

她望向從折疊椅最後一排最角落座位抬頭看她的那雙透徹的血紅眼睛，面露微笑。

就像如果還活著，正好同年齡的——但永不可能成長到那個年齡，早已在強制收容所久病離世的她那年幼的弟弟。

「你們有我帶著一起走，所以……你們不用害怕。」

2

某人的「糟了」警告傳進知覺同步。

比它稍快一點，辛的「破壞神」眼前噴起了黑壓壓的沙土。某個東西自高空飛來深深刺進大地，大量土砂被炸裂的衝擊波挖起吹飛。

這陣黑壓壓的海嘯與隱形衝擊波彈飛了輕量的「破壞神」。辛束手無策，只能跟著「破壞神」一起被吹飛。

眨巴一下，突如其來地，血紅的雙眸睜開了。

看他連眨了兩三次眼睛，隨後開始東張西望，似乎是沒能掌握狀況。拉把椅子坐在簡樸窄床旁守著他的愛麗絲覺得這也無可厚非。

她啪一聲單手合起翻開的精裝書，出聲問了：

「你醒啦，諾贊？」

「——戰隊長。」

回答的聲音雖有些沙啞，所幸語氣與朝向她的視線都很穩定。看樣子腦部並沒有受到致命性的傷害。

辛把手撐在久經日曬而變薄的床單上坐起來，似乎看出了這裡是老舊組合屋式隊舍裡分配給他的房間，微微偏了頭。

「……我怎麼會……」

「噢，看來你果然不記得了。你被『軍團』的——長距離砲兵型(Scorpion)的砲擊炸飛，就這麼昏過去了。『軍團』在撤退時會接受來自後方的砲火掩護。那個差不多從你分發到這裡的時期開始就一直沒出現……看來是又移動過來了。今後就算『軍團』開始後退，你也不能掉以輕心。」

據說那是配備了一五五毫米榴彈砲，相當於砲兵的「軍團」機種。就連愛麗絲到目前為止也沒親眼看過潛藏於「軍團」支配區域的那類機種。

只因為……

「長距離砲兵型的火砲射程長達三四十『公里』，超出了『破壞神』感應器的感知範圍。要等到它一砲打來，我們才能得知它的存在。」

現代軍武的射程之長超乎想像。

就連交戰距離較短的戰車砲都有兩公里左右，榴彈砲的某些彈種甚至能讓砲彈飛往四十公里以外的遠方。這些攻擊都來自地表可目測的範圍之外，還沒適應的時候，不太容易對這種交戰距離產生真實感。

附帶一提，愛麗絲等人並未分配到同等射程的長距離武裝，因此當長距離砲兵型出現時，就只能從「破壞神」五七毫米砲的射程外遭受單方面的砲火轟炸。

「沒有辦法……先知道？」

「不過它們會派出斥候型做前進觀測，多少能夠預測就是。」

「軍團」也一樣無法靠視覺辨識四十公里外的遠方。無論是性能多強大的光學感應器，都看不到藏在地平線另一端的物體。

為了確認砲兵自己無法以視覺辨識的著彈位置並調整準星，進行長距離砲擊時少不了得派出前線觀測員進入前線。

「…………」

話是這麼說，對剛來到戰場的新兵而言似乎有點難懂。辛神情略顯困惑，像是陷入沉思般不再說話。

「總之，很高興你醒了……本來是想這麼說啦。」

面對回看自己的辛，愛麗絲故意蹙額顰眉。

在輪廓尚留一絲稚氣的臉頰、單薄的眼瞼上方與細瘦的手臂，都有著ＯＫ繃與繃帶等遮都不遮的顯眼慘白，還有更多無法一一包紮的創傷與擦傷痕跡。

「你太亂來了……跟你說過多少次了，不要跟『軍團』單挑。」

全都是今天戰鬥受的傷。

有些傷口應該是被長距離砲兵型的砲擊吹飛時造成的，但大半都是在那之前受的傷。他太過接近敵機以至於沒能完全躲掉近距獵兵型的高周波刀。雖然躲掉了直接攻擊，但看樣子似乎是刀刃擦過了機師座艙，破裂的裝甲與光學螢幕的碎片在駕駛艙內飛濺，灑了他一身。

辛分發到這裡已過了一個多月，雖然以超乎新兵水準的實力成為了部隊主要戰力之一是件好事，但他每次上陣不是單騎跑在隊伍前頭，就是殺進「軍團」隊列，讓人看得心驚肉跳。

愛麗絲無奈地嘆一口氣。至今每次開會她都叫辛不准再這麼做，但他從來不聽。

「『破壞神』的戰鬥必須由小隊聯手進行。在這第八十六區，不需要首功的榮耀或是以一擋百的功名，這些都只是自殺行為。你必須好好跟小隊夥伴互相合作。」

「……只要我能打亂『軍團』的隊列，就能讓隊上其他人有更多進攻的機會。」

「或許是這樣沒錯，但也不能用那架會走路的棺材來打。」

「破壞神」的鋁合金製裝甲實在太薄，就連理當最堅固的正面裝甲也是，連重機槍子彈都擋不了。

總歸來說，遇到「軍團」的攻擊只能閃躲，但「破壞神」連機動性能也遠遠劣於「軍團」。如果有保持距離還另當別論，萬一在貼近狀態下被瞄準就插翅難飛了。

「可是……」

「諾贊。」

辛罕見地想繼續爭辯，但愛麗絲打斷了他，聲調低沉。

他或許有他不能退讓的——想幫助隊上夥伴的意志，但愛麗絲也有這條不能退讓的底線。絕對不能。

「你該適可而止了。我沒打算讓我隊上的任何人殘害同袍，為了活命連自尊都不要。」

她不允許有人犧牲別人，只求能夠繼續戰鬥。

更別說落魄到拿最年少的新兵當誘餌——愛麗絲可不記得自己有拋棄尊嚴到這種地步。

「還是說，難道你是故意尋死？話說在前頭，我不准我的隊上……」

「我不會死。」

這次換辛打斷愛麗絲說話。一反他平時的文靜，語氣剛毅如刀。

愛麗絲一時大感意外，回看著辛。

那雙紅瞳低垂著，沒看愛麗絲。

「我還不能死，不能說走就走。所以……我不會死的。」

那是一意孤行的聲調與眼神。

近似一種使命感，但比那更陰暗，像是某種悲壯的決心。

某種妄執。

「……這……」

疑問不由得脫口而出。

「跟你脖子上的傷痕……有關嗎？」

辛倒抽一口冷氣。

一時情急抓住自己脖子的手發現沒摸到繃帶的觸感，血紅雙眸迅速結凍睜大。

看到他這勝過千言萬語的反應，愛麗絲抿起紅唇。

以前，葛倫說過：

——大概跟脖子有關。

——因為在脖子的繃帶底下，可以看到像項圈或鎖鏈一樣，纏住不放的情分。

這豈能用情分兩個字簡單說明？

帶著依然怵目驚心的鮮血色彩，纏住尚纖細的白皙頸項的——是環繞脖子一圈，一道鋸齒狀的扭曲傷疤。

像是斬首後勉強縫合起來的傷痕。

惡意與歹意顯而易見，過於慘痛的……

一回神才發現紅色雙眸仍然睜大著抬眼看她。

與那雙凍寒的眼睛四目交接，愛麗絲心頭一驚。

因為這個面對戰場的慘烈或朋友陣亡從來沒有半點懼意的少年，竟表現出她從未看過的——畏怯的神情。

像是害怕被問到，害怕想起來。

像是害怕——說出那件事。

她急忙解釋：

「噢，抱歉。不好意思，我不是有意要看的。」

是因為在昏迷的期間，怕繃帶對呼吸造成影響——共和國不會為了人形豬玀派軍醫上「無人」戰場——所以在鬆開衣服時，也拆掉了脖子上的繃帶。

她並不是有意要看。

但是，還是看見了。

看見了他必定是因為不想被人看見才藏起來的某人的惡意爪痕。

「我很抱歉。我應該在你醒來時幫你纏回去的，也不該問你這件事…………等一下。不可以這樣。」

辛似乎從剛才到現在都沒聽見她對他說的半句話。

想必是無意識的動作吧。愛麗絲發現他覆蓋般碰觸喉嚨的手就這樣越來越用力，指甲尖端都陷進皮膚裡了，於是抓住他那隻手，盡可能放慢動作以免讓他受驚。

確定辛無意抵抗後，她才慢慢拉開那隻手。

想勒死自己的手鬆開了，但呼吸依然短促，沒有恢復正常。恐慌的氣息緊纏著他不放，還有那面無血色的緊繃稚顏，以及收縮變小如針尖的瞳孔。

結凍的眼睛恐怕是凝視著過去的光景，而沒有看見現實的任何事物。

「……諾贊。」

沒有反應。

「諾贊，看著我。」

沒有反應……或許用姓氏比較難讓他知道是在叫他。

「『辛』。」

原本定睛盯住空無一物的一個點就再也沒有移動的視線幽幽地搖晃了。看來是意識稍微轉向了她這邊。

愛麗絲把握這個機會，盡可能發出沉穩的聲調接著說：

「辛，看著我。『那個』不是現在發生的事。你看著我。」

她繼續握著剛才拉開的手，把這些話重複幾遍後……過了很久，緊繃得像石頭一樣硬的瘦小身軀終於忽地放鬆下來。

辛閉起眼睛徐徐地長吁一口氣，順著這個嘆息說：

「……對不起。」

「不會……」

她模稜兩可地搖了搖頭。錯在她不該欠缺顧慮地亂碰辛的舊傷，辛不需要跟她道歉。

「那個……」

「沒什麼。」

辛急躁地打斷了愛麗絲說到一半的話，目光像是怕被追問般依然低垂。

「剛才只是……覺得有點不舒服，不是『這個』造成的。」

看到他的反應，愛麗絲明白了。

他之所以藏起傷疤，之所以害怕被看見……

除了不願被追問傷疤的原由，不願想起之外，更大的原因……

恐怕……是因為那傷疤上的害意分明如此明顯——他卻不希望留下這道傷疤的人被責怪。

既然這樣……

愛麗絲解開了纏在脖子上的領巾，讓它滑下。

她用雙手拉開領巾，手繞過辛細瘦的肩膀兩側幫他圍起，遮住整個脖子。然後在脖子後方鬆鬆地打個結，才往後退開。

突然變成被人把頭擁入懷裡的姿勢，辛先是渾身僵住，接著對脖子留下的觸感眨了一下眼睛。他低頭看見那天空般的淡藍，用有些稚氣的動作抓皺它。

「這樣就不會被多問了。繃帶看起來很痛，難免會引起他人注意。」

因為那樣等於是在無言之中暗示底下有傷痕。

「……已經不會痛了……」

「我知道。但是……」

愛麗絲直接說出了她剛才看出的隱情。

坦白講，愛麗絲無法理解他的心情。脖子被傷到留下疤痕，心靈受創到光是疤痕被看到就會發生回憶重現症狀，卻還是不希望那個人受到譴責。愛麗絲不認為自己能這麼好心。

即使如此……

「你不希望它引人側目，根本不想讓人看見對吧？你不希望那人被譴責——不，是你不想責怪那個人。你心裡『很想保護那個人』，對吧？」

對眼前這個瘦小的少年而言——這卻是他最真實的感情。

「……！」

這番話讓辛像是被電到般抬起了視線。

一瞬間。

就只有一瞬間，她感覺那感情色彩淡薄的血紅雙眸泫然欲泣般搖曳了。

愛麗絲微笑回看著他——假裝沒察覺到他那想哭的話大可痛哭一場，卻連一滴眼淚也流不出來的慘狀。

「這個送你，就當作賠禮吧……這可是好東西，要懂得愛惜喔。」

「可是……這對戰隊長來說，不是很重要的東西嗎？總是看妳繫在脖子上……」

「沒什麼，這也是我剛入伍的時候，那個戰隊的戰隊長讓給我的。那時，我有個毛病——」

她用猛禽鉤爪般彎曲起來的手指做出搔抓脖子的動作給他看。

「會像這樣抓自己的脖子。戰隊長說只要纏著什麼東西，就不會碰到了。」

這是她在弟弟過世後養成的毛病。

弟弟是死於病痛之中。每當想起他臨死的模樣，她就忍不住要傷害自己。

過去那位戰隊長看不下去，於是將自己作為個人特色的領巾送給了她。

他說他曾經是共和國空軍的候補飛行員，因為身為八六而被遺棄於戰場，這條領巾是他少數能留在手邊的私物之一。

在以前那個戰場上的索敵手段仍只限於目測的時代，據說戰鬥機飛行員都會在脖子上圍條領巾。不是為了耍帥或鬧著玩，是因為他們必須隨時環視周圍尋找敵機，脖子會被飛行服的衣領擦傷，所以需要這件正式裝備來保護脖子。

儘管後來配備雷達的噴射戰鬥機成為主流，到了現在制空權更是全落入了「軍團」手裡，領巾已不具比憧憬更大的意義，但他說至少可以當個護身符。

說「最起碼可以保護妳，免受妳的罪惡感折磨」。

如今這已成了遺物。

因為他在那個戰隊的任期結束後，被轉調到先鋒戰隊——東部戰線最大的激戰區，第一戰區的第一防衛戰隊。

在早已吞沒了幾百萬名死者的第八十六區，那裡的死亡人數最多。

「它已經幫助我夠久了，所以以後——就讓它保護你吧。」

1

觀察了一段時間後失去的血色似乎也恢復了，愛麗絲看他已經鎮定下來，神色與平時大致上無異，於是問道：

「——對了，你吃得下嗎？可以的話差不多該吃晚餐了。」

非人八六的隊舍，最起碼還有最基本的生活設備。

對共和國來說，處理終端是名副其實的無人兵器零件。大概是覺得如果還沒上戰場就先報廢也很麻煩吧。

餐廳與敷衍性質的廚房也是這最基本的基礎設備之一。

組合屋式隊舍裡久經風霜而日漸發黑褪色的餐廳，風不知從哪條細縫鑽了進來，有點寒意。

愛麗絲帶著辛走進矩形門口，站在廚房裡的葛倫視線轉向了她。

瞥了愛麗絲一眼的碧眼疑惑地眨了一下，然後望著辛，揚起了一邊眉毛。愛麗絲先是不解，接著才反應過來。領巾。

「小傢伙醒啦？那就好。」
「是啊。讓你擔心了，整備班長。」
「就是啊——諾贊，拜託你別再把機體粗魯地甩來甩去了。被震飛的部分不算，你怎麼又把步行系統搞到快報廢？」
「……對不起。」
忽然朝向自己的言詞與視線讓辛畏縮了一瞬間後才作答。雖然還不到畏怯的地步，但很明顯是差點就往後退的反應。
愛麗絲見狀，心裡恍然大悟。
看來他的確不擅長面對年長的——超過十五歲的少年兵，或是大約二十多歲前半的整備人員。這讓她發現除了對方主動搭話的時候，從沒看過他跟年紀較大的戰隊隊員待在一起。
處理終端以較有體力的少年生存率較高，像愛麗絲這樣能存活長達數年的少女難得一見。最近常看到辛落單，或許也是這個原因。
因為與他年紀相仿的那些新兵男孩早就全數捐軀了。
最早提起這點的葛倫聳聳肩，對辛的這種反應似乎不以為意。看他在平常那件連身工作服外面多穿了件圍裙，愛麗絲幽默地問了一下：
「主廚，今天的菜色是？」
「我來為小姐介紹。有我們祖國引以為傲的香煎合成糧食與合成糧食沙拉，搭配合成糧食湯與剛出爐的合成糧食。敬請享受天天上菜的異次元美食。」

葛倫邊說邊把裝在經過陽極處理的餐盤裡，像是四方形黏土的某種東西一盤盤放到吧檯上。

這是基地附設的生產工廠每天製造的合成糧食。

附帶一提，與葛倫講得像是菜色豐富的說法正好相反，提供給八六的糧食就只有這一百零一種謎樣黏土。

聽了他們胡扯的對話與滿口的嘲諷，辛自然展露一絲微笑。儘管只是無聲的些微笑意，卻讓側眼看見的愛麗絲睜大雙眼。

說起來，這還是她第一次看到辛的笑容。看來是慢慢放鬆緊張的心情了。

她同時接過一壺唯一貨真價實、用隨處自然生長的藥草煮成的茶，在長桌隨便找個空位坐下。雖然是兼具軍用口糧（Combat ration）而不需烹調——也沒必要在同一時間與地點一起吃的合成糧食，但除了個性極度孤僻的人，大家都會在餐廳跟同袍共進三餐。

畢竟這東西光看外觀就不覺得像是食物。大概是至少想維持用餐的形式，做個樣子也好吧。

因為共和國認定八六不過是人形家畜，不需要什麼飲食文化，只要能達到補給營養的目的就夠了。愛麗絲他們八六如果唯唯諾諾地接受這種思想，就真的要淪為兵器零件了。

所以毫無意義卻漂漂亮亮地切成片狀盛盤還準備了刀叉，也是葛倫的一點小小抵抗。在頂多只具備燒開水功能的簡陋廚房煮個代用的茶或咖啡，設法在料理上下點功夫也是一樣。

這大概也是努力的一部分吧，合成糧食淋上了廚房不曾有過的茶色醬汁。辛用叉子前端戳了一兩下這塊發出鹹甜香味的東西，然後才送進嘴裡。

咀嚼一番之後……他露出一副實在無從形容的表情當場僵住。

愛麗絲看看他，臉上浮現要笑不笑的表情。

「……沒辦法，不管怎麼下功夫，難吃的東西還是難吃得要命。」

沒錯。這個合成糧食不但外觀難看，吃起來也難吃得人神共憤。

這對在收容所與前線生活了將近五年的八六來說，早已是熟悉的滋味，但還是完全吃不慣，就某種意味來說也算厲害。要形容的話就是虛無的滋味，或是某種全然不像食物的其他東西。可能是外觀給人的聯想，最常聽到的形容是塑膠炸藥。該怎麼說呢？的確就像是塑膠風味與炸藥風味絕妙融合而成的奇蹟合奏。當然是指不好的意思。

題外話，據說真正的塑膠炸藥味道微甜但有毒，至少愛麗絲周遭沒有哪個笨蛋試吃過。

「…………」

辛維持著實在無從形容的表情，咀嚼嘴裡不夠格稱為食物的東西。

最後他勉強用茶吞下去，回答：

「……是跟平常一樣難吃沒錯，可是……今天的調味特別那個……」

「嗯……？」

愛麗絲吃了一口，也沉默了片刻。

「……我懂了。醬汁味道還不賴反而讓它更難吃了。是說這是什麼調味料啊？我沒吃過這種味道。」

「醬油跟砂糖！」一聲回答從廚房那邊飛來，愛麗絲蹙起眉頭。

「又在煮怪東西了……所以搞半天，這到底是什麼的醬汁？」

辛含蓄地偏了頭。

當他做出這種充滿稚氣的動作，會讓人發現他終究是個十歲出頭的少年。

「說到這個，請問這些調味料都是從哪裡來的？我想生產工廠的合成品項或是空運物資應該都沒包含這些東西吧？」

「嗯？」愛麗絲眨了眨眼睛。看來之前沒提過。

「對喔……自從你來了之後，都還沒去過呢……在戰區的偏僻位置，不是有整座棄守的城市廢墟嗎？就是從那裡的商店或民宅倉庫拿來的。」

「…………？」

他似乎聽得不是很懂，把頭偏向了另一邊。

「開戰之後，國民的避難作業不是做得很趕嗎？所以留下了大量沒能帶走的東西。如果是城市廢墟，就是罐頭或長期保存的糧食了。」

看他一聽頓時抬起頭，愛麗絲忍不住笑了出來。

就連這個不太關心其他事物的少年都想吃別的東西……足可證明那個可食用虛無有多難吃。

「只不過，我們很少有機會去挖寶就是了……你應該漸漸熟悉了吧？在這第八十六區，巡邏與戰鬥就會用掉一天時間。」

「軍團」有時能完美地瞞過雷達等設備。為避免遭受突襲，每日的巡邏不可少。

「所以嘍，改天找機會吧。到時候我會順便教你打獵與支解獵物的方法……那樣應該就能搭配這種莫名其妙的醬汁了。」

在第八十六區，除了野生的兔子、鹿或山豬，還有從棄置的牧場逃出來恢復野性的雞、豬或牛四處晃蕩。

野鳥或兔子還另當別論，狩獵並支解大型獵物必須讓處理終端與整備組員全體出動……回想起那段過程，愛麗絲忽然有些苦澀地歪扭嘴角。

「……不只是你，本來是想讓所有新兵都嘗嘗的……在強制收容所除了合成糧食，應該是真的沒東西可吃了吧。」

被地雷區與鐵絲網圍繞的強制收容所連野獸都進不去，可食野草也早在收容初期就被採光了。年紀比愛麗絲小就被抓進強制收容所的辛等人說不定早已漸漸淡忘對真正料理的記憶。

辛沒有直接回應愛麗絲的感嘆。

像是代替回答，他環顧明明正值用餐時段卻少有喧鬧聲，空位多得顯眼的餐廳，低聲說了：

「……少了好多人。」

「是啊。」

今天的戰鬥，又走了兩人。

人數終於減少到連戰隊規定人數二十四人的一半都不到。變成這種狀態，就得補充人員或是整編部隊了。

「沒辦法，這裡是激戰區嘛。」

雖然與「軍團」的戰鬥從來不會輕鬆，其中還是有幾座戰區的戰況特別艱困。這第三十五戰區就是其中之一。

然而話說出口之後，愛麗絲咬咬嘴唇。

自己剛才一副理所當然的態度說出了什麼話來？

「……不，不對。沒有所謂的沒辦法。」

人的死亡……

年紀比愛麗絲小的少年少女悽慘地戰死……

哪能說成什麼沒辦法？

「隊長？」

「抱歉，不能說什麼沒辦法。大家原本都活得好好的，都是活生生的人。喪失這些人命，絕不能說什麼沒辦法。」

或許不要這麼去想，在這戰場上才能活得輕鬆。

習慣它，耗盡心力，變得麻木不仁或許比較幸福。

但是……

「他們原本都是你的朋友，是你試著守住的一群人……抱歉，我說錯話了。」

「不會……」

辛緩緩搖了搖頭。

然後他像是下定了某種決心，抬頭直勾勾地看她。

「隊長……如果能夠確實察覺到長距離砲兵型的存在……」

突然冒出的一句話，讓愛麗絲愣愣地回看他。

辛像是想盡力解釋清楚般繼續說道：

「如果能預測到襲擊──知道『軍團』的動向，隊上是不是就不用死更多人了……？」

愛麗絲眨了幾下眼睛後苦笑。

「如果真的辦得到的話。」

要是辦得到，不光是愛麗絲，早就有哪個處理終端前輩去做了。

她舉起一隻手打斷還想繼續解釋的辛。

「……嗯。抱歉，長官閣下在找我，晚點我們再談吧。」

辛雖然顯得還有話要說，最後還是吞了回去，點點頭。

「……是。」

她之所以中斷跟辛的對話，是因為那傢伙的知覺同步啟動了，快步離開餐廳則是不想讓辛聽見內容。

不想讓他聽見自己跟那傢伙的對話，以及自己回話的冰冷聲音。

『……回得太慢了，母豬。』

「管制一號，沒辦法，我正在忙。」

在同步聽覺的另一端，遠在共和國國內，身為他們指揮官的共和國軍人盛氣凌人地說話。

知覺同步是透過集體無意識讓雙方聽覺同步，藉此進行對話的通訊手段。無論是物理距離、要塞牆還是電磁干擾，遇上這種劃時代的通訊技術都不具意義。

『正在忙？我聽妳倒像是在跟可愛的小狗嬉鬧。要拿來「含」恐怕還太小了吧……我懂了，是打算現在就開始調教吧。』

「下流胚子。」

聽到愛麗絲的唾罵，指揮管制官（Handler）愉快地嗤笑了——這世上沒什麼娛樂比從安全地帶欺凌被鍊住不能咬人的狗更好玩。

『我好心通知妳狀況，妳這是什麼口氣？……「軍團」前線部隊似乎出現了活性化的徵兆，勢必不久就會再次進攻，你們一察覺到動靜就立刻迎擊。』

愛麗絲打了個冷顫，反駁道：

「……等等，我要求補充的處理終端如何了？戰鬥人員已經減少到一半以下，以目前這種戰力……」

『別來跟我哭，母豬。戰力會減少是你們自己沒事愛送死。區區劣等種族竟然敢麻煩到人類大爺，一群沒用的有色人種。』

愛麗絲差點脫口酸他「你先好好指揮一次作戰再來說這些」，但在最後一刻把脾氣壓了下來。共和國將「軍團」戰爭推給八六去打，自己則躲在牆內，早就喪失了正在打仗的自覺。屬於他們之中一分子的指揮管制官也絕對不可能會克盡職守來管制戰隊行動。

不跟他們同步還算好的了。愛麗絲甚至受過更大的恥辱，被人把同袍們浴血奮戰、接連喪命的狀況當成娛樂電影一樣嗤笑著觀賞。

她絕不願再遇到那種狀況。

『不會回話啊，母豬？』

「——收到，主人。」

0

出擊的第三十五戰區第一戰隊「斧槍」沒有一個人回來。

但這種狀況，在這第八十六區是稀鬆平常的事。

昨晚「破壞神」剩下的所有機體出動到現在沒有回來，機庫空蕩蕩的，寬敞得毫無意義。環顧這個空虛的景象，葛倫嘆一口氣。真想抽菸。有這種心情的時候特別犯癮頭。

只是那種東西在這只有人形豬玀的戰場，一根也別想領到。

對於豢養來只為了派去打仗送死，被丟進這個絕命戰場的八六而言，死亡早已得不到悼念，不過是理所當然的結局罷了。

至少對躲在牆內的那些尊貴的白系種來說是如此。

他就這麼靠著柱子往下滑，癱坐在水泥地上。

「可惡……」

當初戰爭剛開始時，他們還會懷疑是自己的整備工作有缺失，翻開所有整備紀錄想破了頭。以為只要多下功夫就能讓那種步行鋁製棺材變得像話一點，反覆進行討論與錯誤嘗試，也已經是很久以前的事了。

那時候他們還能勉強讓自己相信他們本來有辦法幫助那些死去的人——他們也有改變某些狀況的力量。

其實根本沒有。

他們領教到了。

面對太過天經地義，隨便草率地堆積起的死亡，不知不覺間他們完全理解了。

理解到自己的無力。

理解到他們沒有半點力量顛覆既定的命運——就連作那種夢的權利，不屬於人類的八六都不被允許享有。

安全鞋匆忙的腳步聲跑了過來，讓他抬起自從今天早上知道隊員們遲遲未歸就連鬍子都沒剃的臉。

緊接著與他共事的整備組員從與隊舍相連的出入口飛奔過來。

「葛倫……」

「怎麼了……還有什麼事情好驚慌的？」

整備組員氣喘吁吁，表情與眼神都顯得有些呆滯。組員勉強吞下紊亂的呼吸，好不容易才說了：

「——就在剛才，有人回來了……」

這話讓葛倫睜大了眼睛。

†

「破壞神」的座艙罩雖然組裝方式粗糙，即使關閉也會與機體之間留下縫隙，但若是連同駕駛艙一起被打爛就實在打不開了。

Illustration:I-Ⅳ

動力系統在機體拋錨後，甚至在戰鬥結束後似乎還運轉了一段時間。他隨便拿一根金屬棒插進讓飄飛細雪紛紛融化積聚不了的機體勉強留下的隙縫，運用槓桿原理硬是把它撬開。

他探頭往裡面看……微微倒抽了一口氣。

「……戰隊長。」

†

毫不顧慮葛倫等人的焦躁與絕望，跑出來露臉的討厭太陽，不知不覺間似乎又想我行我素地沉向西方。

漸漸死去的陽光紅得昏暗，夕照之光讓長條暗影在雪地上爬行。那個孤單的身影似乎沒注意到趕來的葛倫，也沒注意到早已聚集在現場的整備組員，獨自踏著夜間積雪走來。

「破壞神」雖然以機甲兵器而論速度極慢，但還是比人的腳程快多了。

更別說跟都還沒開始長高的孩童腳程相比。

自出擊到現在已過了一天一夜。這段期間，他必定是從遙遠的戰場孤獨一人不眠不休地走了回來，同時還得躲過四處徘徊的「軍團」，拖著疲憊不堪的沉重身體。

矮小個頭穿著尺寸不合的野戰服，黑髮與天空色的領巾被細雪沾溼；最顯眼的是在夕照朱光中依然紅豔的令人印象深刻的血紅眼睛。

「諾贊……」

然而，沒有一個人趕去他的身邊。就連葛倫自己都像是被釘在原位似的，噤若寒蟬地倒抽一口氣後無法動彈。

因為對某人不禁發出的聲音做出反應，停下腳步慢吞吞地抬起頭來的辛——在染得通紅的胸前抱著某個圓形的物體。

那物體被他用血跡變色的朱殷破布包著，只露出半副美貌——但從厚度來看讓人不幸得知，那是「只剩半邊的愛麗絲的頭顱」。

「…………！」

儘管狀況讓人懷疑辛的精神正常性，但血紅的雙眸沒透出半點瘋狂，反倒是清晰到傷心慘目的地步。他抿起嘴唇像是為了壓抑激動情緒，然而被戰塵與血弄髒的臉頰並未留下淚痕。

因疲勞而混濁的憔悴雙眼看見葛倫，安心地放鬆了些許力道。

即使如此，葛倫與其他所有人還是無法動彈。

不難體會他怎麼會有這個念頭，又是怎麼想的。

人體很重。更何況愛麗絲雖是少女但身材高挑，年紀又比辛大，想也知道矮小的辛不可能搬得動。

而且是與「軍團」戰鬥造成的屍體，不可能處於能夠搬運的狀態。

所以他一定是心想，至少帶走一部分也好。

一定是心想既然沒辦法全部帶回來，「至少帶走斷裂脫落的頭顱也好」。

根本不是正常人的思維。

完全出自戰場的瘋狂，慘厲得讓人寒毛直豎。

即使如此，最根本的部分仍然是這男孩決定要把同袍帶回來的一份善意，所以其實……

無意識之中，葛倫把牙關咬緊到嘰嘰作響。

其實應該要稱讚他才對。

稱讚他：「你做得很好，至少有把愛麗絲帶回來。」「你真講義氣。」應該要慰勞他，讚賞他才對。

如果他們——如果自己、辛以及愛麗絲等八六，「還有為人的資格」。

太可恨了。葛倫仰天長嘆。

神啊。

神啊。

我們究竟……

究竟犯了什麼罪過，要懲罰我們講出這種話來？

「諾贊，『那個不行』。」

血紅雙眼眨巴了一下，動作稚氣到搞錯場合的地步。

那種眼神與表情就像在說：我不懂你的意思。

葛倫低頭看著他說下去。

說這種話冷血無情，說出這種話既不合理也違背倫常。即使如此，還是不能允許他這麼做。

因為他一個人活下來了。好歹他一個人活下來了。

既然這樣，就不能讓他這唯一的倖存者「再去送命」。

「愛麗絲已經走了，就不能回到這個基地了。八六是不能收屍的，你應該也知道吧？八六死了也是沒有墳墓的……他們不准我們八六蓋墳墓。」

這個戰場是共和國引以為傲的先進又人道、戰死者為零的戰場。

無論有什麼理由，共和國都不允許任何人破壞這個絕對真理。

不存在的戰死者，自然不會有什麼墳墓。
不可能存在的墳墓無從建造。
所以……
「所以那個不行。我不能讓你帶著變成那樣的愛麗絲回到這座基地。」
「…………」
血紅雙眼像是深感困惑，像是滿心混亂，忙不迭地連續眨眼。
葛倫定睛盯著他，暗自咬牙切齒。
是啊，我當然明白。
辛現在處於勉強維持理智的狀態。
隊上的同袍死了。
雖說只有幾個月，但是一起生活、並肩作戰至今的同袍們就在一夜之間，當著他的面，單方面地遭到蹂躪而慘死。
不可能還能維持理智，直接發瘋才是自然反應。
這小子只是抓住帶同袍回營的職責不放，藉由遵守人類該有的倫理道德，設法讓自己不跌落瘋狂深淵罷了。
「……可是……」
「沒什麼可不可是的……你也聽愛麗絲說過了吧？你認為愛麗絲為什麼要跟大家做那種約

定？不是因為不會留下屍體，是因為不管有沒有留下，都不能幫他們蓋墳墓……是因為我們唯一能做的就是有人來記住、留下他們的名字。」

血紅雙眼霍地睜大了。

——我們立誓吧——將陣亡者的名字刻在他的機體碎片上，由存活的人帶著走下去。

——這樣最後一個生存者就能把其他所有人帶往他生命的盡頭。

對，看來他終於明白愛麗絲——在這第八十六區存活了多年的處理終端，說那番話的理由與真正用意了。

縱然戰死，也連個墓碑都無法留下。對命中注定如此的八六來說，那個約定是僅有的安慰——是無上的救贖。

即使如此，辛仍然緩緩搖頭，不知是無法苟同還是拒絕照辦。

「可是……就算是這樣，他們不准，不代表我們就不能蓋。共和國人又不在這裡，為什麼要照他們說的做……」

「辦不到。」

「可是……」

葛倫使勁咬緊了牙關。這死小鬼，一點都不聽話。

明明對這個戰場，對第八十六區的惡意，都還一無所知。

從沒想過不得不講出這種話的人心裡有多痛！

「我說辦不到就是辦不到！要是違反規定蓋個墳墓，被共和國那些白豬看到，你以為會有什麼後果？——會沒命的，他們會殺了你們這些處理終端小鬼！」

共和國國民雖然都躲在牆內，並不是完全不會來到戰場。運送處理終端或部分物資，以及記錄分發單位——處理這些工作時，軍人們會來到第八十六區。回收殘骸用的「清道夫」終究也是共和國的製品，沒人能保證上面沒有監視裝置。

假如用這些方式監視他們的白豬眼尖看到嚴令禁止的墳墓，會有什麼後果？

「我們整備組員沒有替代性，不會被殺，只有你們會遭到廢棄處分，而且不只是蓋墳的當事人，是部隊所有人！你明白嗎？假如你蓋什麼墳墓結果被抓到，今後分發到這裡的小鬼都會沒命！無一例外！『都是你的錯』！」

霎時間，血紅雙眸像是被雷劈中般睜大凍結了。

他過剩的反應讓葛倫一時措手不及，沒能再說下去。剎那間閃過紅瞳中的，是對葛倫以外的人表露的恐懼、近乎執著的強迫觀念，以及不知出於何故，深深的自責與自罰之情。

恐慌的氣息只是瞬間閃現，辛低下頭往後退，像是要隱藏凍結的雙瞳。

他深深低垂著頭，用幾不可聞的聲量囁嚅著說：

「……對不起。」

葛倫輕輕搖了搖頭。他說得太過分了，況且辛也沒做什麼事需要跟他道歉。

以人性來說，其實辛的做法才是對的。

怪只怪辛、愛麗絲、葛倫以及在這裡的所有人都算不上人類。

「……諾贊。」

葛倫走到他身邊一伸出手，他就像要保護臂彎裡的愛麗絲那樣往後退。堅持不肯看向葛倫的眼睛裡帶有冷硬的色彩。

「我不會拿去扔掉的。雖然……沒辦法走進戰場，但我會盡量帶到遠一點的地方，讓她入土為安。」

在這隨處都可能出現「軍團」的第八十六區，就連這麼做都是玩命的行為，但他沒說出口。

「…………」

「剩下的我來就好……最起碼還有你活著回來，已經算很好了。」

他伸手過去，連同包住的布拿走愛麗絲的部分遺骸。這次辛沒有反抗。

「……小心！」

臂彎中的重量一消失，緊張的情緒似乎也斷線了。矮小的身體一個搖晃之後不支倒下，葛倫用一隻手抓住他以免他摔倒……看來是昏倒了。實際上，承受的疲勞與精神性衝擊早就超出極限了吧。

「葛倫。」

「抱歉，拜託了。別叫醒他，今天就先讓他好好休息。」

他把失去意識的辛交給跑來的同袍，邁步踏上逐漸沉入薄暮夜色的東方戰地，帶著永遠陷入沉默的愛麗絲。

這時他才忽然想到，辛直到最後都沒有流一滴眼淚。

葛倫設法躲過巡邏的「軍團」，來到一處聖堂廢墟，把愛麗絲埋葬在那裡的玫瑰花圃。

「愛麗絲，妳也終於變成拋下別人的一方了。」

用來埋葬變得太小的愛麗絲的土堆小得可憐，在這細雪紛飛的冬季，連用來祭奠的鮮花都沒有。

八六死了也沒有墳墓。雖然愛麗絲應該也明白這個道理……

「竟然拋下那個小傢伙先走一步……妳這女人真夠狠心。」

處理終端這群傢伙，每個都一樣。

†

戰隊每當結束半年任期或是在戰隊潰滅時，會進行解散與整編。

除了辛以外，全體陣亡的斧槍戰隊將會替換所有人員，辛似乎也將被分發到其他戰區。葛倫目送辛被穿著共和國深藍軍服的士兵帶走，搭上在被地雷區封鎖的戰區之間往來的運輸機。

葛倫看到他的雙臂就像幾天前抱著愛麗絲的頭顱那樣，抱著裝了好幾塊金屬片的布包，便出聲問道：

「諾贊，那是……」

「因為最後活下來的是我。」

回答的聲音很僵硬，語氣像是拒人於千里之外。

那件事發生之後，辛就沒再看過葛倫一眼，也不跟整備組員的任何人說話。

像是對生者有所避諱，像是沒有閒工夫與他們來往。

像是要用那些時間面對每一個陣亡的同袍，重新記住他們。

抱在懷裡的包袱，裡面是刻有戰隊二十三名戰死者名字的金屬片。圍在脖子上的淡淡天空藍領巾，在戰地帶雪的風中微微飄動。

那是愛麗絲生前留給他的，最後的情分。

從未回望的血紅眼睛好像有一瞬間悼念某人般，嚴苛而抑鬱地歪扭。

然而，他還是不懂得如何哭泣。

「因為我跟阿拉伊什上尉，還有隊上的大家約好了——跟我一起戰鬥，先走一步的所有人，都由我帶著他們……走到最後。」

Appendix

他發現房門沒關緊，探頭往裡面一看，只見被窗外陽光照得微亮的個人房間深處，辛累倒在床上。

看著那個被單沒蓋好就像小孩一樣蜷縮起來的背影，萊登沒好氣地用鼻子吐氣。脫下亂丟的機甲戰鬥服（Panzer jacke）外套以及高領襯衣等衣物從房間門口掉了滿地，像是形成一道足跡。

與戰場上彷彿衝過極細生死線的精確作風正好相反，辛的日常生活過得馬馬虎虎。不過如果說這是顯現了他對自己與一切都缺乏關注與執著的個性，或許無論是在戰場上還是日常生活都沒什麼不同。

至少可以說辛完全沒有脫下來的衣服要摺好的觀念。從衣服掉落的軌跡有點左右搖晃可以看出他有多睏，於是也就更不守規矩了。

雖然不關萊登的事，他很好奇這傢伙怎麼有辦法撐過特軍校的宿舍生活。

在那個死腦筋地要求紀律嚴明的環境，照理來講應該不會容忍他的這種行為，也不會讓這種事發生。

若是過去跟辛同梯的戴眼鏡的特軍軍官少年聽到這個疑問，大概會苦笑著說他在訓練期間還滿機靈的；只可惜萊登跟那少年連一面都沒見過。

不管怎樣，萊登就這樣把軍靴踩得喀喀作響，走進房間。他邊走邊幫辛撿起外套與襯衣等衣物——

「給我收拾乾淨，你這笨蛋。」

然後從正上方砸到衣物的主人身上。

而且下手還挺重的。

「……！」

雖然是布料，但附加防撞、防彈與防刃性能的機甲戰鬥服很厚，也頗有重量。冷不防被人把這種重物往頭上砸，看來即使隔著被單還是造成了不小的衝擊力，隔著布塊可以聽見一絲低沉的哀叫。

過了一會兒，可能是還沒睡醒的關係，眼神凶巴巴的辛鑽出外套、襯衣以及蒙著頭的單薄被單等堆積如山的布塊露出臉來。

「……幹嘛？」

剛睡醒而有點沙啞的嗓音聽起來也有些粗魯冷淡。

「還問我幹嘛咧。雖然說夜間演習剛結束，好歹把脫掉的衣服整理好再睡啦。」

怎麼會是你用帶點責備意味的眼神來看我？

話說，萊登到現在都沒發現就是這種說話態度造成大家私底下都叫他「媽媽」。

辛沒回話，在床上坐起來。半掛在身上的外套等衣物跟著滑落，掉得滿床滿地。

他是直接把戰鬥服一脫就倒到床上，因此現在穿著聯邦軍精心設計、毫無魅力可言的素面內衣。在第八十六區領不到的兩塊軍籍牌（狗牌）用銀鍊掛在坦克背心胸前搖晃。

而比那反射暗沉光輝的銀色更引人注目的是——如今仍留下鮮明色彩、環繞脖子一圈的赤紅傷痕。

看到那個，萊登忽然想到一件事。

這脖子的疤痕……

辛是從什麼時候開始不怕被別人看到？

剛認識的時候，辛不願意讓脖子暴露在他人的目光下，到了神經質的地步。當時連別人提到他彷彿從沒拆下來過的領巾，好像都會讓他不高興。

印象中當他漸漸整理好心情，變得能夠聊起傷痕的起源時，不願被人看到傷痕的排斥感似乎也淡化了不少。儘管基本上還是會圍著領巾，把它遮起來就是了。

所以來到聯邦，決定從軍的時候，也只有這件事讓萊登有點掛心。聯邦的軍服是西裝外套款式，雖然大部分會被衣領遮住，某些角度或姿勢還是會看見。戰鬥服會容許某種程度的輕鬆穿法，但在作為訓練設施的特軍校則不被允許。

萊登為他感到擔心。

只是當事人辛看起來不怎麼介意，所以他也從來不提。

但辛即使現在是夏天，仍然從來不曾拉鬆領帶，戰鬥時也照樣綁上領巾，可見應該還是想把它藏起來。

萊登輕瞄一眼，看到只有長年受到戰場日曬使得天空色變淡了的領巾簡單折疊起來，放在書桌上。

……他們在受到聯邦保護時，所有私人物品曾經短暫被聯邦軍收走，其中辛只要回了手槍，以及這條領巾。

「……無所謂嗎？」

對於萊登突兀的詢問，辛眨了一下眼睛。

他目光順著萊登的視線停在領巾上，含糊地點了個頭。

「嗯……」

辛碰了碰脖子的傷痕，應該只是出於下意識的動作。

然後他苦笑著聳聳肩。

「雖然我覺得它已經保護我夠久了，但也沒什麼理由丟掉或收起來……畢竟她是我第一個說好要帶著走下去的人。」

「…………」

原來那是昔日戰友的……萊登所不認識，辛最初分發到的戰隊同袍的——遺物？

辛笑得帶點苦澀，穩重而又有些柔和。

剛認識的時候，萊登從沒想過他有一天會露出這種笑容。

「我現在已經沒放在心上了，但也沒必要特地提起這種事情……特別是說給蕾娜聽。」

說起那個已經不在這人世間，過去他不得不痛下殺手，但想必從沒懷過半點恨意的人所犯下的罪行——

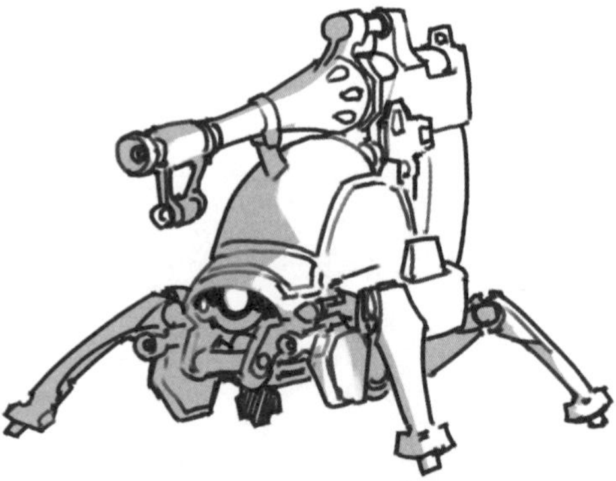

02
幼態延續．斷章〈慈悲之刃〉
These fragments turned the boy into the Grim Reaper.
FRAGMENTAL NEOTENY
〈Misericorde〉
86
EIGHTY SIX
The dead aren't in the field.
But they died there.

3

從右腿的腿掛槍套拔出手槍，左手放到槍上拉滑套。

不用理會保險裝置。這槍是雙動設計，但後拉的滑套會把擊錘扳起來。被彈簧迅速推回的滑套會從彈匣咬住第一顆子彈，插入膛室。

一連串的動作，將八百四十五公克的金屬塊變成能夠殺人的凶器。

槍身前方的準星與本體後方的照門，兩個點連成瞄準線，對準倒地的同袍。

伊斯卡從不叫它「武器」。

因為他們八六的這把自動手槍永遠不會用來瞄準他們的敵人「軍團」。

這玩意兒的用途，只有一個。

就是用來射殺八六同胞。

他隨手扣下扳機。

要開三槍以期確實致命。手槍的根本意義在於輕便性，因此槍身很短──威力與命中準度都不值得期待，但是在「目標」就倒在腳邊的這種距離還不至於射偏。

也不會讓流彈打中特地把快死了的蠢蛋拉出「破壞神」一路拖到這裡來，現在就癱坐在旁邊的大白痴。

無論是伊斯卡拔出手槍或是朝向他身旁那個奄奄一息的傢伙時，他似乎都沒搞懂狀況。顯得有些不解地注視著一連串動作的血紅眼睛，在看到漸漸在水泥地上擴大的鮮血色彩才慢慢睜大。

雖然他應該不知道心臟停止跳動的身體不會噴血——不知道那傢伙就這麼死了。

「——你……」

「下次不要再把這種東西撿回來了，辛。」

伊斯卡低頭看著他，冷淡不屑地說。

他把用過的手槍擊錘推回原位，收進槍套。與「軍團」的戰鬥老早就結束了，膛室裡還有子彈應該也無所謂。

仍然癱坐在地的少年兵還在那裡呆愣地注視著身旁的新鮮屍體。

用他那以十一歲的年齡來說仍算矮小的身體，費勁地把即使「少了一塊」依舊比自己高大沉重的年長處理終端拉到機外，拚命拖到這裡來，結果花費的勞力被人隨手一個動作就變成了白費力氣，會有這種反應也很合理。

也或者是面對他人的死亡，受到了毫無意義的打擊。只不過伊斯卡老早就丟掉了這種感傷，這些都只是他的想像罷了。

辛半晌後抬頭看他，極具特徵的血紅眼睛開始慢慢染上批判的色彩。

那是赤系種貴種特有的——令人厭惡的舊帝國貴族階級「焰紅種」特有的，寶石般的美麗深紅。

「……為什麼……」

「哈。」

他打從心底感到無趣，只用漠不關心的嘆氣發出不由自主的嗤笑。

接著伊斯卡粗暴地伸手抓住他的細瘦脖子。

「！」

自從辛分發到這裡後的半個多月來，伊斯卡已經知道他討厭別人伸手靠近他的脖子——更是極端害怕被人碰到那裡。伊斯卡對其中的理由或隱情不感興趣，只是覺得在這種時候正好能拿來制住他，很好用罷了。

趁著辛一時僵住不動，伊斯卡抓住他的胸襟把他拉倒在地。

好讓他看清楚死人出擊前還在的兩條腿如今雙雙被扯斷，不復存在的傷口。

面對不免倒抽一口氣的辛，伊斯卡湊到他耳邊呢喃：

「我告訴你，你這白痴給我記清楚了。人體有種部位叫作動脈——你們這些沒上過學的新兵大概不知道，總之就是很粗的血管。」

包括辛在內，剛來到伊斯卡擔任戰隊長的這第五戰區第二戰隊「短錐」的少年新兵，五年前被丟進強制收容所的時候都只有七八歲。人形豬玀的飼育場，自然不可能設置人類用的學校，所以今年才十歲出頭的辛等人根本沒受過像樣的教育。

雖然那不關伊斯卡的事，但其中也有一些知識不教不行，否則就會出現這種為了愚蠢的感傷跟他找麻煩的白痴。他一面側眼瞪著遠遠圍觀的隊員們當中，他明明指定要負責「教育」新兵的那個廢物，一面接著說了：

「雙腿與雙臂都有那種血管經過，一旦它斷掉……」

一旦血流源源不斷的血管斷裂，造成大量血液流出體外……

「人就會死。就算沒當場死亡，很快也會死。而且會平白多受罪……所以……」

我才好心殺了他。

伊斯卡像是要讓辛銘記在心般拋下這句話，然後一把將他推開。十八歲的伊斯卡與十一歲的辛無論是體格或臂力都相差甚遠，無從抵抗地跌倒的辛毫不在意自己的手撐在血灘裡，神情峻厲地抬起頭來。

帶著一種不死心。

「可是如果原因是失血，只要能止血，只要能進行治療，應該救得活才對……！」

「哈！」伊斯卡嗤笑他的膚淺想法。這小鬼真的有夠笨，聽不懂人話，還沒發現嗎？

沒發現周圍旁觀的所有戰隊隊員非但沒有上前阻止伊斯卡，反而露出一種漠不關心的眼神，像是在看一場早就看膩了的無聊表演。

「你說治療？……那你告訴我在這第八十六區，要上哪去接受治療？」

「！」

第八十六區，沒有軍醫。

在這投入「無人機」代替人類戰鬥的「人道」戰場，這個由人形豬玀代替人類戰鬥，戰死者為零的戰場上，根本就沒有為人類士兵進行治療的軍醫或野戰醫院。

儘管為了避免他們不過是受點完全不會危及性命的傷就無法戰鬥，第八十六區的各個前線基地都設置了稱為醫療裝置的自動醫療機器，但這玩意兒只會治療經過處置之後能夠立刻重返戰線的輕傷，需要暫時靜養調理的傷勢會被判定為存活無望，直接放棄治療。

縱然是如同辛所說的，只要進行止血並接受正確治療應該就能活命的……本來應該判定為有望存活的倒楣蠢蛋也一樣。

「本來」的話。

……如果他們八六還能像過去一樣，繼續做人類的話。

不合個性的感傷思維閃過腦海，伊斯卡暴躁地嘖了一聲。搞得他一肚子火。

害他想起這種沒必要想起的心情。

看到那雙血紅眼睛被他這句連嘲弄都稱不上，只是隨口敷衍的話糾正得啞口無言，他低頭瞪著辛不屑地說了：

「我看你好像沒搞懂，就再告訴你這臭小鬼一遍吧。我們八六是有著人類外型的豬，不是人類。要是聽懂了，就不准再把你還是人類時的那套感傷搬出來……否則……」

伊斯卡踩著血灘轉身就走。八六死了也沒有墳墓，所以屍體也不會帶回基地。

這是共和國的白豬們對他們下的一個禁令，但只有這件事正合伊斯卡的意。

八六不需要什麼墳墓。八六只能駕駛鋁製棺材去打得不到任何支援的戰鬥，每次出擊總是死得一文不值。要是每回都要特地蓋什麼墳墓去悼念每個死人……分明已經不是人類了，還放不下身為人類時的心情……

「你會害死自己。」

2

嘩啦！隊舍外頭突然傳來水聲，伊斯卡在走廊上走到一半停下來。

從骯髒的窗戶往下看，只見樓下的隊舍前廣場上，戰隊裡最年輕的處理終端少年不知怎地變成了落湯雞。

面對他那被人用一大桶水毫不客氣地當頭澆下的慘狀，同為處理終端的米萊把水桶隨手一丟，假惺惺地對他說：

「抱歉啊，辛。一時不小心。」

隨手丟出去的水桶在上次下大雨時用來接機庫的漏雨，就那樣在機庫裡擺了好幾天。不管如何不小心，都不可能會在這遠離機庫的隊舍灑得滿地。米萊嘴上空具形式地道歉，低頭看著辛的紫灰色雙眸活像隻凌虐老鼠的貓，而周圍的其他處理終端與整備組員們不是嘻嘻笑著旁觀，就是漠不關心地把視線別開。

「……………」

辛沒什麼厭惡的反應，只是懶洋洋地把滴滴答答的汙水擦掉，大概早就習以為常了吧。習慣了被人拿在這初春季節還嫌冰冷的水往身上潑、在個人房間的門把上裝剃刀刀片、把泥水潑在床上，或是在自己的「破壞神」上塗鴉「瘟神」、「賣國賊」之類的字眼。

紅瞳帶著一點也不像今年滿十一歲的刻薄與明顯的侮辱，抬頭看著比他高出一個頭的對象。

「不用道歉……反正你走個三步就會忘記，下次又是同一套。跟雞一樣沒創意。」

就是個雞腦袋，除了聒噪以外沒其他本事，仗著人多勢眾欺負弱小的自己人，其實膽小如鼠——像個對主人百依百順的「家畜」。

「……你說什麼……」

米萊頓時變了臉色。

就在他跟辛說的一樣，開始罵一大串難聽但稀鬆平常的髒話後，伊斯卡不再去看這場司空見慣的戲碼，繼續往前走。

假如開始打群架——可能會有人受傷的話就真的得去阻止了，然而辛雖然體格矮小且外表溫順，其實打起架來相當厲害，使力的方式與位置也都極度準確，而且揍起人來毫不猶豫。就算兩人體格差那麼多，他大概還是能給米萊好看，所以米萊與圍觀的其他傢伙就算再氣憤，應該也不敢動手。

大概是在強制收容所或以前的戰隊有過類似遭遇，久而久之練出來的，不然就是受過哪個好事的飼主訓練。

他的小隊裡的機槍手盧里雅不知不覺走過來，一邊頻頻窺視外頭的騷動，一邊開口問他。她的個頭跟足足比她小五歲的辛差不多，是個體格瘦小、神色懦弱的少女。

外頭傳來單方面亂吼亂叫的一連串老套狠話，就是千篇一律用來罵辛的那些話。瘟神、拿自己人當肉盾苟且偷生的卑鄙小人、戰鬥狂、帝國走狗、賣國賊。都是些針對他至今隸屬過的戰隊除了他以外全軍覆沒的傳聞、不合年齡與戰場資歷的戰鬥能耐，以及他與生俱來的色彩做人身攻擊。

「伊斯卡，你是不是該去阻止他們了？」

「看不下去的話就由妳去代替他怎麼樣，盧里雅？」

伊斯卡冷淡地撇下這句話。

他轉過身來，從正面蔑視嚇得渾身一震的盧里雅。眼前是長期沒人打掃而蒙塵變色的走廊，以及到處亂擺的私人物品。樓下長久乏人問津的廚房飄出一股異味。

「是自從那傢伙來了以後，妳才能這樣優哉游哉、事不關己地裝好人……不會再有人硬逼妳吃泥巴、蟲子或老鼠，妳很高興吧？」

「……………」

盧里雅頓時臉孔發僵地陷入沉默。膚色淺黑的她是沙漠褐種的混血兒，八六在共和國原本就是少數族裔，而她的族群更是屬於人口稀少的民族集團。

共和國從開戰以前就由白系種占了過半人口，這些令人厭惡的傢伙與大半八六，例如伊斯卡繼承的銀髮天青種與金瞳陽金種的血統，從膚色粗略分類的話，同樣都屬於西方諸種。米萊的祖源紫系種、同袍們的綠系種或茶系種，以及辛所屬的黑系種與赤系種也是。

但是膚色淺黑的盧里雅「不一樣」。她跟擁有象牙膚色的極東黑種以及黑皮膚的南方黑種一樣，是不只頭髮與眼睛的顏色，就連膚色都異於他人的「異類」。

他們無論是在強制收容所還是前線基地，都受到厭惡與排擠。如同人口較多的白系種迫害少數族群的八六，在八六當中同樣人數較少，相對地立場也較弱的他們，很容易就被當成不滿或憤慨的出氣筒。

而比他們更受到厭惡的，是帝國貴種——與挑起這場戰爭的齊亞德帝國王侯血統相連的夜黑種與焰紅種這兩個民族。

沒有人把帝國貴種當成跟自己一樣的八六，一樣的西方諸種。那些傢伙是挑起戰爭的敵國世系，是罪孽僅次於推行強制收容的白系種的敵方眷族，是一群該為八六遭受的苦境負起部分責任，令人厭惡、活該受罰的罪人。

不知是何種因緣果報所致，辛同時繼承了夜黑種與焰紅種的血統。戰隊的處理終端以及整備組員的滿腔鬱悶，把矛頭從只不過是少數民族的盧里雅轉換到明確屬於敵方世系的辛身上，只能說是必然。

不過……

「那傢伙大概不會有妳那麼慘吧。因為他跟妳不一樣，厲害得很。」

辛無論是駕駛「破壞神」還是肉體搏鬥都很有兩下子，頭腦也夠靈光，能在那麼短的時間內想出酸話把米萊嗆爆。大家都怕遭到報復，所以只敢站得遠遠地辱罵辛並且「稍微」整他一下，不敢做出比排擠與無視更惡劣的行為。

而辛也明白這一點，所以只要覺得有必要，不會對以暴制暴有所猶疑。只是遇到實際害處較少的惡整好像開始懶得應付了，基本上都隨他們去。

「這樣妳還是要袒護他嗎？袒護繼承了可恨帝國貴族血統的那傢伙？盧里雅可真是心地善良啊。既然這樣，妳就去幫他啊，現在就去啊。現在就去擋在他們之間，喊喊看『你們不要太過分了〜〜』之類的啊。」

諒妳也不敢。

「…………」

糾葛與遲疑、恐懼與一抹憤怒在盧里雅赤褐色的眼裡翻騰，她低下頭去不再說話。

「……毛巾。」

「嗯？」他一轉頭，盧里雅有些尷尬地別開了目光。

「不去管他的話，他可能會感冒。那個男生如果太快倒下，對伊斯卡你也不方便吧……他可是你最寶貝的代罪羔羊。」

盧里雅忿忿地說完，轉身就走。

伊斯卡目送她離去，心裡覺得好笑。講這些話該不會是在酸他吧？

「不知道在鬼扯什麼……我們哪一個沒把他當成代罪羔羊了？」

我也是，盧里雅也是，這個基地裡的每個人都是。

現在是惡整辛，之前則是惡整盧里雅。伊斯卡都是明明知情但放著不管。

豈止如此，一開始煽動大家去整人，造成這種狀況的就是伊斯卡。

因為不這麼做就不能讓所有同袍存活下來。

想用那種裝甲單薄、火力薄弱，步行系統又脆弱得可以的鋁合金製自走棺材戰勝敵軍，同袍之間的緊密合作與聯繫不可或缺。而促使團體團結的最簡便確實的方法……就是在團體中塑造一個成員的共通「敵人」。

所有成員一起譴責那個敵人，對他丟石頭並百般排擠，就能讓敵人以外的所有成員產生共通點與同類意識。能夠在團體內部醞釀出強而有力的團結意識，覺得大家都是對付相同敵人的自己人。

所以伊斯卡一直以來的戰鬥方式，就是從自己的戰隊裡抓一個敵人，把他設計成代罪羔羊。

大抵來說，都是那種會拖累大家的弱小傢伙；言行、長相或個性讓所有同袍討厭的傢伙；或者是盧里雅這種少數民族，以及辛這種帝國世系出身。設計出那種誰都覺得可以毫不客氣地去仇視、放膽去辱罵、盡情當成憤慨的出氣筒，單純好懂的代罪羔羊。

本來該敵視的應該是共和國的白豬，但那些傢伙與他們之間有著重重地雷區與要塞牆，相隔了上百公里之遠，而且極少在這地獄戰場上露臉。存在感薄弱不真實的敵人，有等於沒有。至於「軍團」，儘管技術水準異常先進，終究只是靠程式運作的自動機器……沒有什麼事情比仇視它們更空虛無聊。

起初也有人搬出正義感或倫理道德那一套表示反對，但也只是一開始罷了。那種人遲早也會變成丟石頭取樂的一方。天底下最棒的娛樂就是能單方面以多欺寡、擺出正義嘴臉而不用受到任何譴責的暴力行為。他們遲早會發現在這被封鎖的戰場上，戰火之間的這唯一的消遣有多好玩。

當然，被這樣當成代罪羔羊的傢伙大概都會早死。

戰鬥時得不到同袍的掩護，日常生活中又遭受旁人的精神傷害，最後總是心力交瘁地戰死或自殺。伊斯卡不能讓他們輕易死掉，所以會禁止過度的暴力，也不會給代罪羔羊自盡用的手槍，但他們還是會設法尋短。

就這點來說，辛想必能撐很久。怪只怪他無論在戰場還是這座基地，都太強悍了。

伊斯卡用鼻子哼一聲。這狀況是他搞出來的，能耐用一點當然再好不過，只是……

「……算你可憐。」

就算堅強得獨自承受怒罵與惡意還能撐住——在這第八十六區的戰場，根本毫無意義。

1

『——對了，「禿鷹」，最近你怎麼都沒跟我要「山羊」了？』

「之前弄來的黑山羊小鬼，意外地還滿能撐的。」

聽到要塞牆另一頭的指揮管制官透過知覺同步這麼說，伊斯卡用鼻子哼氣。

監視處理終端牽制其反抗心，形同家畜看守的指揮管制官有很多笨蛋常常擅離職守，但是負責監視他們短錐戰隊的這傢伙屬於比較忠於職務的類型。只是怠忽職守的笨蛋變成勤勉的笨蛋，到頭來一樣是可恥的白皮蠢豬無誤。

反正這些傢伙對於牆外戰場連事不關己程度的感覺都沒有。

看來共和國早就連正在打仗的自覺都沒了。只會在偶爾想到的時候，用侮蔑目光觀賞某個遙遠世界的無人機同類相食的模樣。

總之基於這種理由，在短錐戰隊擔任戰隊長已久的伊斯卡與這個指揮管制官儘管不知道對方的長相與名字，但也算是老交情了。

當然關於伊斯卡定期要求的「山羊」與其利用方式，指揮管制官心知肚明，也隱約知道伊斯卡為何總是刻意要求補充弱小無用的傢伙或少數民族，以及不得不「定期」開口的原因——短期間內接連死亡的「山羊」遭遇到何種殘酷苛刻的對待。

其中，辛是個意想不到的收穫。

他的外貌明顯有著觸犯眾怒的帝國貴族血統色彩，實際上卻比至今的所有代罪羔羊，甚至是戰隊的大半人員都要強悍。也或者是因為明顯有著濃厚帝國血統，必須強悍才能活下來？

一如他所預料，辛活得遠比代罪羔羊的平均壽命更久。儘管遭受到那種對待，仍然對戰隊隊員們抱持著莫名的憐憫，本人的命倒是比心腸來得硬。

上次找辛麻煩的米萊也在昨天戰死了，辛卻活了下來。

最近伊斯卡開始懷疑辛會不會是知道反正對方會死得比他早，才沒去理會那些怒罵與惡整。

指揮管制官嗤笑著說：

『竟然不惜犧牲你們的豬玀同胞，而且還是小孩，只能說八六果然野蠻，低劣到讓我們這些高尚的共和國國民難以置信。一群在戰場上到處亂爬，死得不乾不脆的劣等種族。』

伊斯卡也嗤笑著說：

「你還真有臉講啊，管制一號。」

分明就把原本同為共和國國民的八六，而且還是像辛、盧里雅或自己這樣的少年兵當成無人機犧牲掉。

同步的另一頭頓時變得悄無聲息，陷入一片怪可怕的冰冷沉默。

『……骯髒的有色人種之流，還想跟我們平起平坐？』

伊斯卡倒是完全沒在怕。共和國雖然把他們八六關進戰場，強迫他們戰鬥，但指揮管制官個人只是一介國民，奈何不了八六。最多不過是拖延零件的空運時間，但如果戰隊因此潰滅就是指揮管制官的責任了。據說共和國由於國土變得極端狹小，造成失業率極高，指揮管制官這種生物沒那麼有種，敢賠上每個月的薪水來惡整豬玀。

共和國的那些國民，說到底都是同一種貨色，盡是些躲在狹小的美夢裡摀起眼耳，耽溺於虛偽的和平，蠢笨又懶惰的白豬。

伊斯卡嗤笑著，冷冰冰地。

「抱歉讓你誤會了，人類大人。」

你說誰……

跟你們下等白豬平起平坐了？

應付笨蛋很輕鬆，但並不愉快。

伊斯卡在切斷知覺同步的同時狠狠嘖了一聲，背部離開靠著的機庫牆壁。與指揮管制官這個長官通訊是戰隊長伊斯卡的職責，每次都快要把他煩死氣死。

跟隊舍一樣老早就沒人費勁打掃的機庫，零件或是空貨櫃擺得到處亂七八糟，空氣中的灰塵有點多。並排的「破壞神」在最近的幾次戰鬥中數量銳減，不知是從哪裡撿來的大紅色顏料，辛的機體今天依然被塗得斑斑駁駁，悄然蹲在一個角落。

即使帶著這種在廢墟都市戰場上格外顯眼的白痴色彩，辛依舊在昨天的戰鬥中活了下來。

儘管總是被迫接下誘餌或殿後等最容易喪命的任務，經常性地強迫步行系統脆弱的「破壞神」進行極限機動動作，戰鬥的方式屢屢像是在玩命。

短錐戰隊負責的戰區本來就是激戰區，在人們死得像是在搞笑、戰死者為零的戰場當中，有更多的八六死在這個戰區，但他依然故我。

像是成了替死鬼一樣，正好就在辛分發過來的這段時期，其他戰隊隊員的陣亡人數開始與日俱增。這讓伊斯卡感到有點頭痛。除了純粹因為戰力減少造成戰況更嚴苛……戰隊的氣氛變得實在太糟了。

同袍會死都是你害的，你這個咒死別人的瘟神。朝向辛的眼神與口氣早已不是忿恨不平，而是敵意了。惡整的行為也一天比一天過分，或許再不幫他說兩句話就真的要出事了。要死在「軍團」手裡或是自殺是他家的事，但處理終端絕不能殺害其他處理終端，那樣會越過不能跨越的「底線」，毀了部隊的紀律。

本來是為了讓處理終端活下來才塑造的代罪羔羊，要是反而造成戰隊隊員死更多人，那還得了。

就在他蹙起眉頭的下一刻……

他的旁邊忽地有一陣靜謐的空氣流過。

「——喔……」

他完全沒注意到。他帶著不小的驚訝低頭一看，尺寸完全不合的野戰服、天空藍的領巾與極具特徵的漆黑頭髮構成了那個背影。是辛。

看來辛似乎像野生動物一樣，具有走路不發出聲音的毛病。聽見他脫口而出的叫聲，情感色彩淡薄的血紅眼睛回看了他一眼。看來辛方才也沒發現伊斯卡在這裡。

看見伊斯卡在機庫入口旁邊的視線死角處靠著牆，紅瞳微微斜瞪過來。跟剛分發過來的時候——把雙腿被炸飛的蠢蛋撿回來，看到那傢伙被殺還很有意見地跟伊斯卡互嗆的時候相比，那眼睛多了幾分冷靜透徹與荒涼。

那雙眼睛像是看到醜陋的蟲子或是石塊，看了伊斯卡半晌後就扭頭別開。看來是決定不再理會這個就算對方是同袍，只要嫌礙事就能無動於衷地開槍打死的冷血戰隊長。如同身為受迫害的八六，卻看到弱者就聯合起來做出同樣行為的戰隊隊員一樣。

那是一種冷冰冰地蔑視可悲的人……自己變得可悲透頂的人的眼神。

「……喂。」

一回神才發現自己已經叫住了他。

伊斯卡知道自己臉上掛著冷笑。不知不覺間，他在面對隊員時都會露出這種笑臉，一種用來冷漠拒絕、嘲弄、威嚇對方，稱不上笑容的笑容。

「那個是米萊的機體碎片，對吧？你還特地把它撿回來啊？」

辛轉過頭，伊斯卡用視線示意他手裡輕輕握著的小塊金屬片問道。那塊骨片似的裝甲碎片還留有一部分「破壞神」的枯骨般的烤漆。

短錐戰隊的隊員也都知道辛會用這種方式記錄戰死者的名字。

大抵來說都是湊合著用的木片或金屬片，運氣好能弄到手的話——脆弱的「破壞神」在多數場合，一中了砲擊就會被炸碎——就是死者的機體破片。刻有名字的好幾塊小碎片，都收在他的「破壞神」駕駛艙內同一個位置。

看在旁人眼裡幾乎只是垃圾，但對他本人來說似乎有其重要性。以前有個戰隊隊員把那搶過去想丟在泥巴裡，結果被他揍到臉孔變形。身為代罪羔羊的辛就是從那時起被大家另眼相看。隊員以及整備組員們都認定戰鬥成癮的帝國貴族少爺是把那些當成了首級，說那個無藥可救的瘟神引以為傲的不是殺敵無數，而是害死了多少同袍。

伊斯卡知道並非如此。

之前陣亡的一個比較同情辛的傢伙在那場作戰之前說過，那好像是一種約定。說是他在最初配屬的戰隊與同袍約定，最後活下來的那個人要記住曾經並肩奮戰但先走一步的所有人，並帶著他們走下去；而這玩意兒就是那個約定的形式。

他也會帶著我一起走嗎？

……無聊透頂。

「你不是雞腦袋，所以應該沒忘記米萊對你做過什麼事吧。你卻連那種人都要一起帶走？」

應該沒忘記潑在身上的水、每天罵也罵不膩的話語，以及一次又一次逼迫他誘敵或拖延敵機腳步，差點就被他們見死不救的事。

但他卻……

「你是真的笨到家了嗎？上次把那個快死掉的傢伙撿回來的時候也是……是陶醉在不值錢的正義感裡嗎？」

「……沒有。」

辛淡然回答，其實眼睛根本沒看著伊斯卡，而是看著強迫他接受什麼鬼約定，早已離世只活在記憶中的某某人。

看著把這種無聊約定與責任推給他，自己就兩腿一伸先翹辮子，不負責任到極點的某某人。

「因為八六沒有墳墓……只不過是如果沒人記得死去的人，他們就只能消失了。所以我只是記住他們而已。」

「是喔。」

伊斯卡嗤笑著，皮笑肉不笑。

「那我問你……米萊是個什麼樣的傢伙？一個每天吼比自己小的小鬼，惡整你還無聊當好玩，到頭來卻先死翹翹的超級大白痴嗎？」

意思是：你以為這世上有人會希望別人記住自己的這種德性嗎？

辛沒理會伊斯卡的訕笑，似乎思考了一下。血紅雙眸沉浸在追憶中。

「……是個愛開玩笑，笑口常開，胡說也好強顏歡笑也好，總是試著替同袍打氣的傢伙。」

伊斯卡倏地失去了表情。

「他沒有給我那種好臉色看，但他對其他人都是這樣，只要細心觀察就會知道……只是這點程度的話，我還帶得走。」

「…………」

伊斯卡滿心不痛快地皺起了臉孔。

這個毛頭小鬼，為什麼能讓他這麼火冒三丈？現在他終於知道了。

「……你以為你成了聖人嗎，小鬼？在這種半個人類都沒有的戰場上？」

因為辛在第八十六區這種沒人能維持正常心智的地獄依然保持著尊嚴，顯示出這才是做人該有的正常、正當的模樣。

儘管辛對自動放棄那一切的伊斯卡恐怕早就連這點程度的關注都沒有了，但簡直就像在表現給他看一樣。

「我只是照我想做的方式做我能做的事情，沒有做我不想做的事情而已。」

就像在說：我不想變成你這副樣子。

「……你這小鬼……」

「還有——」

辛打斷伊斯卡的低吼，不屑地說了。

透徹的血紅眼睛這時才第一次苦澀地微微歪扭，別向一旁。

「也有些事情是我辦得到，但我沒做的……反正在這個隊上，講了也沒人會聽。既然這樣……講了也是白講。」

0

伊斯卡駕駛的「破壞神」的眼前，突然「出現」了一架戰車型。

戰鬥重量五十噸的巨大機體竟能悄然無聲地跳躍落地，那種運動性能只能說不合常理。四雙粗肥腿部最前排的左腿往上一揚。位置在戰車砲彈的最小引爆距離（Minimum range）內側，所以目的不是要射殺對手，而是要踢死礙眼的飛蟲。

「糟……」

衝擊來襲。

回過神時，自己已經被拋到了「破壞神」機外的水泥地上。

環顧四周，可以在稍遠處看到框架斷裂橫著倒下的「破壞神」，以及從那裡在瓦礫上塗得長長一條，綿延到眼前的紅色血跡。

是他自己的血。

……搞砸了。

伊斯卡維持著仰躺姿勢仰天長嘆。腹部藏在布料不易滲水的野戰服底下看不見，但腹腔又熱又重。看來是內臟受傷了。在這沒有軍醫——無法期望得到治療的第八十六區是致命的重傷。

腹部的傷不同於頭部或胸部，雖然救不活但是會拖很久。在砲火與怒吼依然滿天飛的戰場一隅，伊斯卡可不願意死不透到處亂爬，於是伸手去拿裝在右大腿槍套裡的手槍——

手撲了個空。

豈止沒有槍把的觸感，連綁上槍套的腿部，或是能握住手槍的手指都感覺不到。

一看，野戰服的腹部位置以下，兩條腿全不見了。

「…………！」

他猛一回頭，只見失去的「一半」掉在橫著倒下的「破壞神」駕駛艙外的地上。在一片血海與散落的手指上，勉強收在殘破槍套裡的手槍掛在離現在的伊斯卡太過遙遠的地方。

他不知道發愣了多久。

最後伊斯卡忍不住笑了出來，全身虛脫。

他已經沒力氣爬去那裡了。更何況他的兩隻手都沒了手指，沒辦法拿槍或開槍。事到如今，伊斯卡連自殺都辦不到。

意識開始取回原本痛覺麻痺而沒感覺到的痛楚，同時想著「好吧，這也沒辦法」。

處理終端，當了三年多。他為了讓自己存活下來，試著讓戰隊團結，為此犧牲了眾多本來應該是自己人的傢伙。

死了很多人。他們有的死於「軍團」之手，有的選擇輕生。在受到「軍團」與共和國的惡意封鎖的戰場，就連理應是自己人的八六都用惡意對待自己，使得他們日漸憔悴、積勞成病。是伊斯卡的教唆造成的。

這……

就是報應嗎？

看來短錐戰隊雖然居於劣勢，但還在應戰。戰隊隊員們恐怕不會有餘力來救他。不是在這裡不為人知地翹辮子，就是在「軍團」消滅戰隊後當成戰利品帶回去。反正不管怎樣……

都不會死得痛快——……

這時，在瓦礫的灰色與阻電擾亂型的銀色薄雲下形成單色景像的視野，混入了鮮明強烈的紅與黑。

他猛一轉頭，那傢伙映入了視野。帶著織成黑暗的漆黑，與層層鮮血的深紅。

「諾贊……」

零落的聲音比呢喃更靜默，所以似乎沒傳進辛的耳裡。

在視野的邊緣，辛打開不知何時停放在那裡的「破壞神」座艙罩下了座機，跑向伊斯卡的「破壞神」。

那種毫無防備的模樣，就連伊斯卡都不禁擔心他缺乏警戒地打開座艙罩，要是周圍出現任何一隻自走地雷該怎麼辦。他扛著槍身太長與矮小個頭不搭調的突擊步槍，但慣用手那邊的大腿卻沒有手槍槍套，是因為伊斯卡沒給他，以免他擅自尋短。

辛用「軍團」般的無聲步履走近伊斯卡的「破壞神」確認損傷程度，似乎是因為他把自己的「破壞神」用到報廢了。一看，辛的「破壞神」格鬥手臂的兩挺重機槍皆已損壞——嚴重變形到像是用槍身去毆打過敵機——而且連停放姿勢都維持不住。僅有四隻的脆弱腿部，其中一隻從關節中間折斷，不知去向。

大概是判斷既然副武裝雙雙損毀，又失去了正常的機動力，還不如換乘駕駛艙周邊部位雖已破損，但還能行動的「破壞神」吧。可惜的是伊斯卡的「破壞神」駕駛艙已經完全斷裂成上下兩半，比他那架更不能動。

辛似乎也發現了這點，輕輕搖頭，然後才注意到掉在艙外的伊斯卡的腹部以下部位。即使是他也不禁凝然倒抽一口氣，同時僅用視線順著血液塗出的痕跡看過來。

他看到了還活著的伊斯卡。

不同於黏糊糊地弄髒瓦礫、摻雜內臟碎塊的混濁血液，純粹的殷紅雙眸映照出伊斯卡的身影。看著他腹部以下空無一物、沒有手指的雙手，即使如此仍然活著的慘狀。

跟從前他試著救助，卻被伊斯卡射殺的一名戰隊隊員同樣的慘狀。

在這當下，伊斯卡做好了被他拋下的心理準備。

他是狠毒對待過辛的人，是將惡意的矛頭朝向他的人。既然不可能得到幫助，他也不會做出搖尾乞憐的行為。

也不該那麼做。

血紅眼睛依然對著伊斯卡，凍住不動。凍結的眼睛同時對某件事有所遲疑，內心產生激烈糾葛，躊躇不決。

伊斯卡心裡很不痛快地想：你在幹什麼？有什麼好猶豫的？這個人傷害過你，要拋下他還不簡單？

所以，你快走。快給我滾。

別讓我求你救我，哀求你發發慈悲，做出對我曾傷害過的人搖尾乞憐的難看行為——……！

霎時間，辛抿緊了嘴脣……

從染滿鮮血的槍套拔出了伊斯卡的手槍。

「……什……」

一瞬間，他是真的呆住了。

槍口就在這時轉向了伊斯卡。它細微地格格打顫，卻仍對準了頭部位置。準星另一頭的眼睛混合了等量的躊躇與恐懼，但是憑著決心將它強行壓下，緊張得幾乎要迸出裂痕。

他的躊躇……

不是在猶豫該不該救，而是下不了手。縱然是為了讓對方解脫，也不敢殘忍地不做急救就射殺對方……

伊斯卡愣了一瞬間，隨後湧起的是不知針對什麼，激烈得令他頭暈目眩的怒氣。

可惡。

可惡。這就是我的報應嗎？

為什麼到了最後的最後一刻，我還得面對這種傢伙——……………

忽然間。

不知不覺間，苦笑掃過了嘴角。

啊啊，可惡。

如果說，這是報應……

伊斯卡抬起沉重得像是不屬於自己的右臂，用僅有一半殘存的拇指骨頭的斷口戳戳自己的眉間給他看。盡量往「這裡」打。

「知道怎麼用吧？拉動滑套……」

話還沒說完，仍然幼小的手已經拉動滑套，把第一顆子彈填進膛室……果然有人教過他用法。那隻手把滑套拉到最底，才讓它彈回原位。

不過那個好事的人想必也沒讓這傢伙實際練習過開槍打人，所以……

「不用理會保險裝置。擊錘也是，第一顆子彈上膛的動作就會把它扳起。再來只要瞄準，開槍就行了。」

他知道難就難在「只要」的部分，但故意這麼說。

開槍打頭，必須看著對方的臉，必須定睛盯著那張還活著會動的臉，把那神情烙印在眼底，然後開槍打死那個人。

對於排斥殺人的人類本能來說，這比任何事情都可怕。

即使如此，如果現在辦不到，這個笨小孩一定會後悔，一定會怪自己沒有下手幫助眼前沒死成的蠢蛋解脫，棄他於不顧。

「那把槍裡有十五發子彈，所以你最多可以重試『十四次』。哎，放輕鬆開槍就是了。」

「…………？」

拚命調整變得紊亂的呼吸，僵硬得不自然的眼睛浮現出隱微的疑問。伊斯卡苦笑著搖搖頭。

「最後一發，絕對不要用在別人身上。那是當你沒死成，用來給自己痛快的一發。只有那一發不能讓給任何人……誰都不行。」

好歹要讓辛有這點自私的念頭……否則一生徹底奉行利己主義的伊斯卡就太沒面子了。

該說的都說完了，伊斯卡閉起了眼睛。幫他這點小忙不為過吧。過了半晌，辛輕呼一口氣，身上的氣息悲愴地冷卻下來，連他都感覺得到……真夠笨的。這點小事也值得你這麼介意？

第一槍整個打偏，射穿了腦袋旁邊的瓦礫。

第二槍，轟飛了一隻耳朵——好吧，以第一次來說，能打中就值得稱讚了。

無意間他想到：這傢伙會不會連我也一起帶走？

如果會，這傢伙會用什麼方式記住我？

他要是以為我剛才對他講的那些話……那些關於手槍用法的單純說明，竟然也能算是一種溫柔……

一絲搞錯場合的淡淡笑意，剎那間從脣間零落。

這傢伙要是那麼覺得，就真的是無藥可救的大白痴了。

他彷彿聽見了第三發的槍聲。

那是伊斯卡——他那下個瞬間即刻被破壞的腦髓聽見的，人生最後一次的慈悲聲響。

兩槍打偏，第三槍才貫穿了他指出的額頭位置。

手槍的根本意義在於輕便性，因此槍身很短，準度與威力都是其次。雖說是軍用，區區九毫米口徑有時不足以奪人性命，所以得再補兩槍以期確實致命。辛按照以前人家教他的知識把槍彈打進伊斯卡體內，才終於發現他已經不動了。

由於心臟已停止跳動而只能緩緩流動，混雜了血液以外的雜質的混濁之紅逐漸向外漫溢。

他慢吞吞地讓手槍朝下，像是被那不到一公斤的重量拖著癱坐在地。

全身頓時噴出大量汗水。他長長地嘆一口氣，呼出不知不覺間自然憋住的呼吸。

「！呼……………」

做好心理準備迎接的反胃與發抖並沒有到來，也沒有想像中的那種恐慌與動搖。

這件事反而對辛造成了衝擊。

眼前是一具剛死去，辛剛才製造出的全新屍體。

自己殺了人，卻沒感受到太大的震撼。這件事對辛造成了有生以來的最大打擊。

我果然是……

他一隻手無意識地伸向氣管，但一碰到圍在那裡的領巾就像被電到般放手，然後緊緊握拳。

快站起來。即使現在沒有，聽見了槍聲的「軍團」很快就會過來，你必須及早回到「破壞神」，離開這裡。

你必須戰鬥。

受到比思維更深層、近乎本能的意志激起行動，當他抬起頭時，呈現火焰色彩的眼睛已再次染上戰士的酷烈與冷靜透徹。他那站起來的動作早已不把手槍將近九百公克的重量視為負擔。

他撿起掉在血灘裡的一塊「破壞神」的碎片，於步行離去之際忽地回首，望向被拋在地上，注定將就此遭到棄置、逐漸腐朽的伊斯卡的遺骸。

「……戰隊長。」

自己對這個人毫無半點好感或敬意。這個人長期以來總是用蠻橫無理的惡意對付自己。

即使如此，從前他射殺求死不得的同袍，而不是撇下不管……現在回想起來，或許是他作為戰隊長，對同袍的一種負責的方式。

也能想通他那看起來像是隨便的習以為常，恐怕是因為多次給同袍最後一槍到了習以為常的地步——是因為他從來沒把這份職責推給任何人。

「手槍，我帶走了……你的職責，也由我帶著走到最後。」

於是辛決定除了名字，也連他那最後苦笑般的淡淡笑容一起永遠記住，就這樣轉身離去。

Appendix

從右腿的腿掛槍套拔出手槍，左手放到槍上拉滑套。

不用理會保險裝置。這槍是雙動設計，但後拉的滑套會把擊錘扳起來。被彈簧迅速推回的滑套會從彈匣咬住第一顆子彈，插入膛室。

一連串的動作，將八百四十五公克的金屬塊變成能夠殺人的凶器。

槍身前方的準星與本體後方的照門，兩個點連成瞄準線，對準人形標靶。

他隨手扣下扳機。

每個目標各開三槍以期確實奪命。擊倒五個標靶後滑套卡榫上升，手槍在膛室開放的無彈後定狀態下停止動作。

辛檢查過後放下了握槍的手。

西汀把手肘撐在隔間的隔板上探頭過來看，很沒規矩地吹了一聲口哨。

「真不愧是死神弟弟。用手槍竟然能全彈命中，有一套。」

這裡是齊亞德聯邦軍第八六機動打擊群總部——軍械庫基地的演習場一隅。兩人在設置於此地的靶場交談。

辛沒理她，逕自卸下空彈匣，先讓滑套前進再換上已填彈的彈匣。他拉動滑套露出可以看見膛室內部的小洞，確定第一發子彈沒上膛後才開口：

「……本來以為在修理的時候會被做點改造，原來沒有。」

「嗯？喔……」

西汀點個頭後聳聳肩。與電磁加速砲型（Morpho）戰鬥後，是西汀撿回了辛拋棄的手槍，也是她在保護他們的聯邦裡拜託文件上的監護人，代尋可以委託的工房修理手槍。

「哎，是有想過啦。例如維持原本的框架提升到四〇口徑，或是追加全自動功能之類。」

就知道她有想過。

辛略微皺起眉頭，心想幸好兩者都沒採用。雖然東西是自己扔掉的，但不喜歡就是不喜歡。

「可是反正對『軍團』都不管用，既然最終只能用來自殺，就都沒必要了。再說……」

西汀忽地收起了笑臉。

「這槍雖然滿舊的，但都有好好保養。我猜你應該很珍惜它，既然如此，就想保持原樣還給你。」

「…………」

被她這麼說，辛看看手裡有著熟悉重量的手槍。

在受到聯邦保護，極少數的私人物品被收走時，他發現自己有點捨不得放棄這把手槍。反正聯邦軍的軍規不太嚴格，加上它與聯邦軍制式的內藏撞針式（Striker）小型手槍用的是同一種彈藥，他願意忍受些許的不便繼續使用它，可見……對，自己對這把手槍應該是有點感情。

「也是。」

與電磁加速砲型戰鬥後，之所以拿損壞當藉口丟了它，現在回想起來，其實也……

出於基本禮貌，辛向眼前這個把槍撿回來，修好之後還回自己手上的人補充了一句。這點意思總該表示一下。

「關於這點，我得向妳道謝。還有保持原樣修好就還給我也是。」

「所謂的『我得向妳道謝』應該是說接下來準備要道謝了，不等於謝謝兩個字吧？」

西汀笑嘻嘻地用挖苦的聲調與表情說道，但看到辛轉過來的冰冷視線就不再鬧他了。

然後無意間，她問了一下：

「是你以前的戰友，還是誰的遺物嗎？」

「說不上來。」

這句話難以形容的語意，讓西汀看了看辛的側臉。

不是想避而不談。那聲調聽起來，像是連辛自己也不清楚。

但如果是第八十六區發生的事，都不知道過幾年了。

「他應該很討厭我，而我那時是真的討厭他……因為我是帝國貴種的混血，難免經常受人厭惡。」

「……啊啊。」

西汀一聽，霎時皺起臉低吼一聲。辛隨便回看她一眼。

西汀兩隻眼睛顏色不一，有著一眼就能看出混有雪花種血統的雪白左眼與濃藍色右眼。不但繼承了迫害者白系種的血統，還是罕見的異色瞳。

大概是有過跟他「類似」的遭遇吧，但也沒讓他湧起半點親切感就是了。

「咦，等一下，那你幹嘛把那種人的手槍當寶貝帶在身上啊？」

「……我也不知道。只記得我有說過，要接手他的職責。」

接手他給予救不活又死不成的同袍致命一擊的職責。後來這份職責就只屬於他一個人，從未讓給別人。

在那之前，辛沒擁有過手槍，到了那人戰死之際，辛才以繼承的形式使用他的手槍。之後就一直使用同一把手槍，一度離手又重回手中，然後用到現在。

問他理由，他也答不上來。

「不過——」辛說道。

當時，他覺得手槍很重。老實說槍身太大讓他拿不住，不同於突擊步槍的後座力也讓他久久無法適應。

不知不覺間，他習慣了手槍的重量與後座力，大概也已經追上了戰隊長當時的個頭，年齡就不清楚了。辛沒問過，所以不知道，今後也永遠沒機會知道。

「關於如何開槍與該有的心態……我應該是跟那時的戰隊長學的。」

——最後一發，是用來給自己痛快的一發。

——不能讓給任何人……誰都不行。

當時他明明不需要那樣顧慮辛的心情，卻說了那些話。辛只記得那三言兩語與最後一瞬間的表情……記得那個連年齡與全名都不知道，總是語帶嘲諷的戰隊長確實說過那些話。

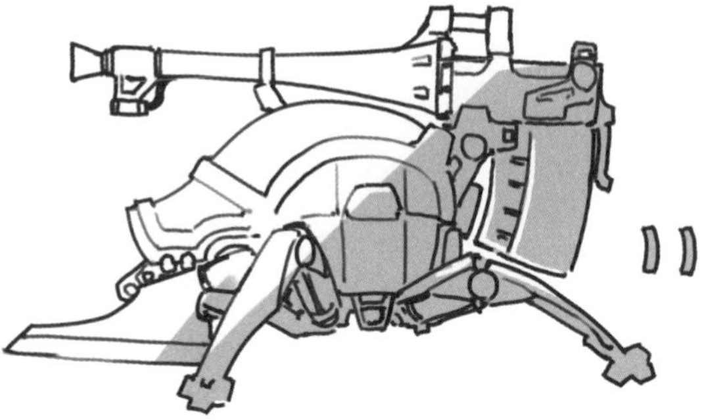

幼態延續：斷章〈侍童〉

These fragments turned the boy into the Grim Reaper.

〈Varlet〉

FRAGMENTAL NEOTENY

EIGHTY SIX

3

The dead aren't in the field.
But they died there.

1

視野下方泥濘不堪的泥土路，與頭頂上方水泥地的高速公路，受到鐵青色的海嘯侵蝕。

地點在交戰區域深境，過去的立體化高速公路。「軍團」由斥候型警戒地面，一邊讓作為主力的近距獵兵型與戰車型通過在緊急狀況下兼具軍事運輸路線功能、堅固紮實的高速公路。

姑且不論輕量的近距獵兵型，戰鬥重量高達五十噸的戰車型不太擅長走泥濘地。由於制空權已經掌握在覆蓋戰場的阻電擾亂型與「軍團」支配區域的對空砲兵型（Stachelschwein）手裡，「軍團」們即使堂而皇之地暴露行蹤也不用擔心遭受空襲。

所以……

才會被人從這種地方埋伏偷襲。

「——第四小隊，開火。」

辛命令一出，小隊四架「破壞神」的五七毫米砲發出咆哮。

它們躲在高架橋上高速公路的正下方，支撐橋梁結構的「橋墩與高速公路之間的狹縫」內。

就躲在那必須用鋼索鈎爪攀爬，就連在機甲中屬於小型的「破壞神」都得將機身壓低到極限才能勉強鑽入的空間裡。

眼前的橋墩遭受集中砲轟，應聲崩塌，波及待在前後道路上的「軍團」們一起墜落——縱使是軍事運輸路線專用的強化混凝土，強度也沒大到能反彈戰車砲的集中射擊。

它們精確無比地打落組成隊列的「軍團」中央部分的部隊。光學感應器被高速公路的厚厚混凝土擋住看不見，憑「破壞神」簡陋的聲波感應器也很難隔著遮蔽物掌握敵機分布，卻有人辦到了並且將敵方部隊斬斷成三截，一切全都神不知鬼不覺。

斥候型驚慌失措般仰望頭頂上方，然後直接被瓦礫或戰車型的巨大身軀壓爛。運用阻電擾亂型欺騙人類軍隊的雷達網，展開單方面突襲是「軍團」的常用戰術。這使得它們認定自己的進擊被人類察覺、遭受埋伏的可能性微乎其微。

墜落了足足十幾公尺的戰車型，中央處理系統似乎無可避免地產生混亂而難看地呆站原地。辛命令隊員展開第二波砲火的同時，向下發射的五七毫米砲彈毫不留情地射穿戰車裝甲較為單薄的砲塔頂部——棘手的戰車型，打落到地面的幾架就此清除乾淨。再來是……

「第四小隊，跟我來。請戰隊長(不死殭屍)清除留在上面的『軍團』。」

『……收到。』

『不准命令我，第四小隊長(Delta leader)。』

以知覺同步進行的通訊不會被「軍團」竊聽，但戰鬥中按照規定仍然必須以識別代號(呼號)或個人代號進行聯繫。包括一律使用「管制一號」作為呼號的指揮管制官在內，要塞牆的內外都不會知道彼此的本名。

辛擔任小隊長的第四小隊四架機體一面以鋼索減速，一面降落到地上。第一、第二小隊與第三、第五小隊藏身於崩垮的粉塵之中，各自跳上被打斷的高架橋前後路段，襲向其餘的「軍團」部隊。

『——亡靈附身的怪物。』

混雜於這陣吵雜聲之中，連接戰隊全體人員的知覺同步傳出了某人唾棄的聲音。

辛充耳不聞，讓自機接近附近的一架近距獵兵型。那鐵青色的懾人姿態，總算漸漸從墜落的衝擊中振作起來。辛在準備轉向他的敵機近距離前，故意讓腳在泥濘地上滑倒，以橫向滑行的方式繞到其側面。接著是格鬥手臂的重機槍掃射。輕量級的近距獵兵型攻擊力強，但裝甲防禦力不如戰車型來得硬。只是即使如此，還是不同於「破壞神」，用重機槍打不穿它的正面裝甲。

辛側眼一瞥頹然倒下的近距獵兵型，維持著疾走的速度衝向下一架近距獵兵型。墜落損傷對中央處理系統造成的混亂，再加上突襲對聯手行動造成的混亂。他們必須趁著敵軍這樣陣腳大亂的時候進攻，否則論性能或總數量都劣於敵軍的「破壞神」別想打贏「軍團」。而身為前鋒的辛必須負責製造並維持這種破綻。

辛像是從正中央劈開倖存的近距獵兵型集團一般前進。不用看雷達螢幕就知道被他留在後方的小隊隊員們正在往四面散開，各自擊毀一再遭到分割的「軍團」部隊。

右臂機槍耗盡子彈陷入沉默，緊接著，左臂也在全像視窗上顯示同樣警告。辛咂嘴的同時，將武裝切換為後座力過強而難以用於近戰的主砲五七毫米砲。投射裝備怕的就是沒子彈。「破壞神」機體重量較輕，使得機槍與主砲的裝填彈數都受到限制。

考慮到戰鬥中耗盡彈藥的情況，戰隊當然有無人補給機伴隨，然而只搭載了低性能AI的那些機體無法介入這種混戰的局面。

要是有近戰白刃裝備就好了。

在混戰的空檔，他深刻感覺到這一點。那種上一個時代的武器，早已因為在攻擊距離與訓練時間上嚴重落後而被熱兵器淘汰。在射程長達數公里的戰車砲主宰一切的現代戰場上，使用那種裝備無異於自殺行為。

即使如此，它們仍然有著一項熱兵器所沒有的優點。白刃裝備沒有耗盡子彈的問題，可以不斷斬裂敵機的裝甲，直到刀刃折斷破碎為止。

要是能有那種裝備，至少可以比現在打得更像樣一點。

至於頭頂上方的高架橋上，清除「軍團」的過程似乎不太順利。

可能是接到救援請求了，在較遠地點前進的左翼「軍團」警戒部隊調轉方向。這個動作被建築物擋住，不會顯示在雷達上。不過辛事前已經料到了幾成。調頭前進的路線上，有剩下的第六小隊埋伏——

他注意到一件事。

配置在那裡埋伏攔截的第六小隊不在定位上。

他分散注意力傾聽頭頂上方的小隊聯繫內容，確實聽見其中夾雜著第六小隊隊員們的聲音。

「不死殭屍，『軍團』的別動部隊調頭了——還來得及從側面打擊。請將第六小隊重新配置至……」

『我說過了不准命令我，第四小隊長。這個戰隊的戰隊長是我，我的判斷是應該優先擊潰本隊。再說——你這種亡靈附身的傢伙說的話，我信不過。』

那種不屑的口氣讓辛皺起了眉頭。這個戰隊長似乎因為比辛大兩歲，極端排斥年紀比他小的辛提出的建議……不，辛之所以令他討厭，恐怕不只是因為年齡差距……

彷彿要證明辛猜得沒錯，戰隊長不耐煩地繼續說道，口氣滿是輕視鄙棄。

『還有，不准再來跟我同步。你那聲音太「刺耳」了，怪——』

說時遲那時快。

戰隊長的聲音突兀地中斷，知覺同步就此斷絕。

半响之後，彷彿金屬板互相撞擊般沉重堅硬的一二〇毫米戰車砲巨響迴盪四下——初速每秒一千六百五十公尺，遠快於音速的戰車砲彈，砲聲會比「彈著」來得慢。

這陣巨響……

宣告作戰瓦解的序曲開演。

要辛單騎跟戰車型對打不是不可能，但若是完全得不到同袍掩護的真正單挑，就實在有點艱難。

辛面對他以遭到擊毀而拋錨的同袍「破壞神」當成誘餌勉強把敵機引誘過來，從背後開砲炸毀的戰車型殘骸，不禁嘆氣。此時他已經下了座機，將血肉之軀暴露在依然瀰漫著硝煙與粉塵的戰場上。

敵軍與同袍，都已經一架不剩。滅亡大國留下的無人戰鬥機器，與被人定義為無人機，不配稱為人類的劣等種駕駛的兵器互相吞噬，死鬥到最後徒留這座廢墟都市。

又是除了自己，所有隊員全數陣亡。

辛不記得剩下自己一個人之後，他又戰鬥了多久時間。令人厭煩地明白駐足不前只有死路一條的理智，沒有分散大腦資源去產生那種無用的感傷。

總是要等到戰鬥結束才終於感到空虛。

他看看自己那架重機槍與戰車砲都耗盡了子彈，能量殘量也不太可靠的「破壞神」，輕輕搖了搖頭。

就算提出忠告，也沒人會聽——沒人願意相信他說的話。

他也已經習慣被人罵為招來同袍之死與敵機、亡靈附身的死神。

從他從軍到現在，隸屬的所有戰隊全都以全體陣亡告終，除了他以外。不得不習慣。習慣同袍的死亡，習慣獨自一人被拋下。

也習慣被人拿這些事情怪罪，受人畏懼與譴責。

明明應該早已習慣，今天不知為何卻覺得特別疲倦。一種無法言喻的虛無感從腳邊向上攀升，纏住全身上下。實際上並不存在卻幾乎把人壓垮的某種重量讓他呆站原地。

就算存活下來又能怎樣？最後等著他的還是同一個戰場上的死亡——

然而，他「現在還不能」死。他拖著沉重的腳步，準備回到待機狀態的「破壞神」——……

「……嗯？」

卻發現一架「清道夫」頹然倒在稍遠處瓦礫堆的另一邊。

2

「清道夫」是搭載著各種彈匣與能源匣跟隨戰隊，替戰鬥中的「破壞神」補充前述物資的補給用無人支援機。

辛也不知道它的制式名稱叫什麼。由於它會在儲備物不足時從拋錨的「破壞神」身上剝取資源用於補充，戰鬥後則會到處翻找可回收利用的機體碎塊或砲彈碎片，所有八六都稱呼這種外形難看的運輸機器為清道夫（Scavenger）。

原本以多架機體隨行的它們似乎也在戰鬥之間全機遭到擊毀，但對辛來說，幸運的是這架機體的背部運輸貨櫃完好無損。要駕駛如今餘彈數為零，能源匣殘量也只勉強夠回基地的「破壞神」，從交戰區域深境回營，心裡實在不太踏實。雖說目前四下沒有「軍團」，但它們的腳程比「破壞神」快，一旦受到追擊並開始交戰，他的死期就到了。

本來已經做好心理準備像平常一樣，不夠的物資只能從同袍拋錨的「破壞神」身上補給，現在這樣心情至少還輕鬆一點。

辛把自己的「破壞神」停在一旁，走下瓦礫小山，靠近那架「清道夫」。

這種初期型的「清道夫」是在戰爭爆發之後就投入戰場，如今已經相當少見。它有著被戰塵燻黑、有稜有角的本體，以及略呈渾圓的四條腿，是一架配備了兩隻起重吊臂與鏡頭式光學感應器，外形難看的無人機。它就像是垂死的獵犬蹲伏在瓦礫窄縫間，傾斜著陷入沉默。

看來是腿部附近中彈了。雖然除了揹在背上的貨櫃，起重吊臂、內建的噴槍與切斷鋸等等似乎都沒事，但這些全都得要「清道夫」本體還能動才能使用。

不過貨櫃的鎖就只是個單純的固定裝置，要打開並不難。

看看它這燻黑的本體，辛暗自嘆氣。

「破壞神」的座艙罩也是，在第八十六區服役的共和國「無人機」開閉機構並未具備密碼等電子鎖功能，開閉桿一拉就開了。

像現在辛這樣需要從拋錨的「清道夫」身上搬出物資時是很方便，但「軍團」當中有著具備機械手臂的自走地雷與回收運輸型等機種。他看過很多同袍在戰鬥中失去行動能力時碰上那些傢伙，被撬開座艙罩把整個人拖出來。

八六對共和國來說是用完即丟的處理終端，大概是想都沒想過要替機體追加什麼保護功能。儘管共和國在人工智慧與機甲的開發上都暴露出技術水準的低落，但總不至於連電子鎖都做不出來吧。

也許是戰鬥疲勞造成身體沉重僵硬，多少帶來了影響，辛把比平常更沒有顧忌的淡漠嘲諷推到意識的角落，伸手去抓貨櫃的開閉桿。靴子碰掉了腳邊與小石頭無異的瓦礫，喀啦喀啦地往下滾落。

開鎖很容易。

問題反而在於打開之後。

在於如何把「清道夫」裝載的物資搬出來。

即使是性能粗糙至極的拙劣機體，怎麼說還是機甲——機動裝甲兵器，需要的所有配備全都又大又重。就算是以戰車砲而論火力太低的五七毫米砲彈，儲存大量砲彈的彈匣也遠超過一百公斤重。

對於還沒開始長高、個頭矮小的辛來說，這重量絕對不好搬，比他本身的體重足足重了一倍以上。

不過如果先把砲彈從彈匣裡拿出來分散著搬，或許還搬得來。

……這麼辛苦只為了回營，遲早還不是得毫無意義地戰死。

看透一切而莫名帶刺的思維再次湧上心頭，辛嘆一口氣，藉此勉強將它趕跑。

不知是從何時開始，無法消除的徒勞感與虛無感開始賴在腦海一隅不走。他是從不久之前所屬的戰隊全體陣亡時意識到這點，但可能早在更久前，不知不覺間就有了這種念頭。

再怎麼戰鬥，再怎麼獨自存活下來，到最後也什麼都得不到。

戰鬥與存活根本都沒有意義，那何必還——

這時「清道夫」的圓形光學感應器眨眼似的閃爍了一下。

在不上不下的位置靜止不動的起重吊臂忽然動了起來。前端的機械臂彷彿在確認動作般張開合起，沉重的「當啷」金屬聲響徹四下。

「哇……」

辛不禁抖動了一下，倒退一步——然而早已適應戰場的身體仍然只發出了細微的低呼。

辛像是目睹死者復活般目不轉睛地注視著它——畢竟就辛來看，它是架完全死透了的機體——看到兩隻起重吊臂從貨櫃裡拉出彈匣，才勉強張口說話。忠於程式設定的任務……換個說法就是不知變通的無人機，即使在自己嚴重損毀的狀態下似乎依舊願意執行補給任務，但這事先擺一邊……

「……你還活著？」

他感覺「清道夫」的光學感應器彷彿忽地看了他一眼。

辛無意識地伸出手，觸碰它被燻黑的本體。

觸碰那既無武裝也無裝甲，單薄的金屬表面。

Illustration:I-IV

之所以忍不住問一架不可能有體溫的拾荒機這種事情，大概是因為內心多少有點疲倦了吧。

「清道夫」不具有人格，共和國開發的人工智慧根本沒達到能穩定進行自律戰鬥的水準，就是因為這樣才會把八六當成替代零件扔進戰場。所以辛就算說這些、問這些，對「清道夫」而言也不過就是普通的聲控指示罷了。

即使如此，即使這種事情他很清楚……

「戰隊還有你的同伴都已經不在了。這樣，你還是要跟我一起回去嗎……？」

儘管早就經歷過不知多少次，但或許也是這樣才讓他不願再度獨自回營。萎靡不振的內心某處哀求著不願放手。

3

「——這樣啊。不過，這也沒辦法，我們八六就是注定如此。」

聽到唯一活著回來的辛報告戰隊全體陣亡的消息，整備班長藤香・凱莎嘆一口氣。她有著青玉種純血的金髮與天空般的藍瞳，纖細的妍麗容貌，與機油氣味揮之不去的機庫以及整備組員的連身工作服一點也不搭調。

她將快要垂散下來的頭髮往背後一撩，順勢轉過頭去，望向背後堆在機庫角落的貨櫃。

貨櫃上畫著曾經是她的祖國，如今只讓她覺得骯髒的共和國的五色旗。那代表了共和國事到如今竟然還恬不知恥地揭櫫的自由、平等、博愛、正義與高尚的國家理念。

那些愚蠢的東西認真地以為八六不是人，所以歧視與迫害都不算違反倫理道德的殘忍行徑。

「雖然沒趕上這次作戰，那件裝備已經通過申請了。聽說初期生產的庫存一件都沒用到，我請他們包括備用在內多送一點過來，你到下個部隊再用吧。」

高周波刀。

直到眼前這個小個頭的沉默少年從使用手冊中翻出來之前，連藤香都忘了有這個可以跟一二・七毫米重機槍替換的格鬥手臂選配武裝。

據說那種武裝的威力極強，就連觀測到的「軍團」當中以最堅固裝甲為傲，戰鬥重量高達一百噸的重戰車型（Dinosauria）的裝甲都能像水一樣劈開。但再怎麼說還是刀劍，是落伍過時的近戰白刃裝備，在有效射程長達數公里的重機槍與戰車砲主宰一切的現代戰場，想也知道不可能派上用場。

不管是以多大威力為傲的裝備，打不中就不能破壞敵機。必須逼近敵機——鑽過「軍團」仗著數量優勢展開的猛烈彈雨才能揮動的刀刃，不過是徒增機體重量罷了。

所以就藤香所知，實際上沒有一個處理終端使用過它，接受申請的指揮管制官更是一副毛骨悚然的樣子，連嘲笑的話都說不出來，甚至還一本正經地問他是不是終於發瘋了。

藤香也勸阻過好幾次，可是辛都那樣苦苦哀求了，她沒辦法再說些什麼。在戰場上戰鬥的——將性命寄託在裝備上的是處理終端，是辛自己，不能以藤香這個整備組員的個人判斷扭曲他的想法。

只希望他的固執不是出於自暴自棄的情感就好。

她瞄一眼印象中自從分發過來後從來沒正眼看過自己，此時同樣低垂著的紅眼，接著說：

「但是，請你千萬不要亂來。你既然難得能存活到現在，就該盡力活得越久越好。在下一個部隊也是，以後也是。」

「………」

辛沒說話。

比藤香小了足足十歲，以十歲出頭的年齡來說情感淡薄得教人不忍的雙眼依然低垂著，甚至沒有回看稍微勉強擠出微笑的她一眼。

視線就這樣一聲不響地離開高周波刀的貨櫃，轉往機庫的另一個角落。

「……那個修得好嗎？」

辛用乾啞的聲音問道，視線對著嚴重損毀的舊款「清道夫」。

看到辛用自己的「破壞神」把腿部破損動彈不得的它牽引回來時，她嚇了一跳。雖然他說戰鬥結束了，但怎麼說也是從不知哪裡有「軍團」晃蕩的交戰區域深境返回基地。而他竟然還拖著完全只會礙事，根本沒必要去保護的無人機「清道夫」回來。

腦袋裡到底在想什麼，才會做出這種瘋狂的行為？只是藤香與整備組員們都覺得似乎能體會他的心情，沒多說什麼就是了。

「噢……」

藤香說到一半，聳聳肩。

換作平常，她會把修理「清道夫」擺到最後，不過今天反正也沒有「破壞神」需要修理。

「看起來好像只有步行系統被打壞。既然核心組件沒有損壞，很快就能修好了。對，大概就今天或明天吧。多虧你把它帶回來……你做得很好。」

「…………」

對於藤香這種連她自己都覺得是硬掰的慰勞話，辛還是沒有反應。

像是代替他回話般，在失去了大半「破壞神」，變得空蕩蕩的機庫角落，好像無事可做而蹲伏著的「清道夫」不知為何發出了「嗶」一聲提示音。

前線基地的能源供應由人員從遙遠共和國的要塞牆內進行遠端操作，晚上會進行燈火管制。這是為了避免成為「軍團」的夜襲目標，也是為了不讓棲息於戰場的人形豬玀浪費供人類使用的寶貴能源。對共和國國民而言，八六是戰線防衛用的消耗品。他們認定打仗不需要的任何事物——縱然是休養、娛樂或嗜好品等維持士氣不可或缺的事物——都不會提供給第八十六區。

在熄燈時刻的稍早之前，代替戰死的戰隊長巡邏基地各處的藤香在已經替辛的「破壞神」與「清道夫」做好整備與修理，空無一人的機庫停下腳步。

通常「清道夫」晚上會回到基地附設的自動工廠的待機區。正常來講應該是這樣，但「清道夫」的巨大身軀現在卻還蹲伏在拉下鐵捲門的機庫一隅。

要這樣做是它們的自由，藤香並不在意。「清道夫」終究是共和國製造來投入戰場的兵器。她不可能知道內部有什麼樣的程式在運作，或是對什麼事情做了何種判斷，況且也不關她的事。反正八六只能對它們指示某種程度的作業順序或範圍，沒有權限命令它們。

她之所以站住不動，是因為在它的旁邊……她看到辛簡直像是依偎著燻黑的巨大機身一樣入眠。

她明明有告訴整備組員們讓他早點去休息。

一看，辛似乎從自己在隊舍的個人房間床上把單薄毛毯拿過來裹在身上，看來其實有回房間一趟。那為何還特地回到機庫這種完全不適合用來休息的地方……

她伸手過去想叫醒辛，卻想到了一件事情而咬住嘴唇。

他是不想獨自待在昨天還在的那些人如今已然遠去，周圍全是空房間的空虛隊舍隊舍的個人房間。

不想回到那個逼迫他明白自己以外的所有人全都已經死去的地方。

才會跑來這種夜裡一定沒人，沒人才是常態的機庫。

又或者是……

在本來不屬於待機位置的黑暗中，「清道夫」將系統效能降到待機模式悄然蹲伏，孤獨的少年兵依偎著它不具體溫的巨大身軀入眠。

無意間，她覺得那看起來就像是一個寂寞的小孩，把跟著自己的小野狗撿了回來一樣。

4

縱然共和國把八六當成用完即丟的兵器零件，也不至於對只有一架「破壞神」的戰隊發出迎擊命令。

因此在戰隊進行整編或轉調之前的短暫時日，身為那唯一一架「破壞神」處理終端的辛就變得無事可做。

剛開始的幾天，整備組員心想有備無患，還能趁有空的時候教他「破壞神」簡單的修理與整備方式。但是自從新的一批「破壞神」比處理終端先送達基地後，他們就得把全副心力用來替這些機體做最終調整。它們對處理終端來說是寄託自己性命的搭檔，整備組員都明白這點，所以不會因為處理終端還沒報到就混水摸魚。

雖然藤香要他當成放假休息幾天，但整天無所事事也實在讓人心情鬱悶。辛決定轉換一下心情，於是前往有點距離的共和國軍昔日基地走走當作散步。

自從正規軍在「軍團」戰爭初期慘敗並全軍覆沒，人員撤離到八十五區避難後，這座基地如今成了草木自由生長的一片天地。辛從忘記了人類餵食的飼料，也忘記要害怕人類而大搖大擺地到處走動的雞旁邊經過，穿過似乎是被這個戰區以前的處理終端砸壞的閘門，走進混凝土建造的基地建築。

他像是追在吱吱叫著逃走的老鼠後面，走在多次出入而已經記住路線的寬敞走廊上。

目的是設法弄到一些人員棄守之後留下的長期保存食品或輕兵器彈藥……八六本來被禁止持有的手槍或突擊步槍，其實也是來自這些棄守的軍事基地廢墟。完全無心盡忠職守的共和國軍人們從來不做檢查，所以對這種明顯的違規行為毫無認知。

他在一間倉庫裡，從經過幾年戰爭而少了許多的成堆儲備品當中找到想要的整箱手槍子彈，把它拖出來。

這時傳來鏗啷一聲，在背後的倉庫入口附近轟然響起沉重的——伴隨著恐怕不下十噸的重量具有的存在感，具金屬質感的腳步聲。

「……！」

他倒抽一口氣，轉過頭去。

從來沒有發生過這種事——竟然在不知不覺間被「軍團」靠近，還被取得了背後位置！

他下意識地讓掛在肩膀上的突擊步槍肩帶滑落，握住槍把，一邊裝填第一發子彈一邊轉向背後的敵機——

動作做到一半，他就想到了。

「軍團」不會發出腳步聲。

它們的高性能驅動器與避震裝置，使得就連戰鬥重量超過一百噸的重戰車型都只會發出骨頭摩擦般的細微聲響。

換言之，在他背後的是——……

轉身一看，站在那裡的果不其然……

「嗶。」

是本體老舊燻黑的舊型「清道夫」。

「…………」

一陣笨到極點又尷尬的沉默落在除了一人一機之外沒有別人，遭人棄置的倉庫裡。

辛與圓形光學感應器大眼瞪小眼，不知該做何反應，呆站原地。

不知道要怎麼形容，緊張感一下子全沒了。

然後他呼出一大口氣。

「是你啊。」

是他在上次戰鬥中找到，帶回基地的「清道夫」。

看它鏗啷鏗啷地發出吵死人的腳步聲走過來，辛雖知道得不到回答，還是說了：

「今天沒有要出動，沒人命令你隨同上戰場吧。你這是在幹嘛？」

「嗶！」

「清道夫」不具語音輸出功能，但這種電子音效似乎就是它個人（？）的回答方式。看來是無視回收資源的任務，跟著他過來了。

光學感應器東張西望，用明明不具生命卻莫名討喜的動作環顧倉庫，接著視線停在辛舉起突擊步槍時弄掉的手槍彈藥箱上。

起重吊臂飛快地伸過來。連超過一百公斤重的五七毫米砲彈彈匣都能輕鬆搬運的吊臂撿起了彈藥箱。它們的職責是在戰場上翻找可回收利用的拋錨機體或砲彈碎片，帶回基地的自動工廠。

辛本來想阻止它，但手伸到一半時想到一種可能，回看它的巨大身軀。

看來……

它似乎是打算幫辛拿東西。

「嗶！」

看到它用莫名幹勁十足的態度喜孜孜地把彈藥箱收進貨櫃裡，幽默逗趣的一連串動作……

「……呵。」

辛一回神才發現自己不禁笑了出來。

他當著迅速轉回來看自己的光學感應器面前，晃動著肩膀嗤嗤地笑了。

他順從無法壓抑地湧起的笑意，一邊心想：

不知道有多久沒笑了。

不記得了，想也想不起來。因為長久以來……都沒發生過什麼能讓他歡笑的事。

辛放聲大笑，一邊感覺眼睛深處有種被觸動的熱度——但另一種情感讓他仍然流不出半滴眼淚，而他假裝沒發現。

他輕拍了一下像忠誠的獵犬般默默回望他的——抱歉必須一再重申，因為沒有語音輸出功能，當然只能如此——「清道夫」表面粗糙的烤漆，就像對待一隻狗或一匹馬那樣。

「你願意幫忙的話，我還有很多東西想帶走。麻煩你陪我一下。」

「嗶！」

明明不具任何情感，「清道夫」卻顯得有些開心地點點頭——用看起來像是那樣的動作讓本體上下移動。

看到它這種反應，辛的嘴角不知不覺間又上揚了。

除了手槍與突擊步槍的彈藥和零件，還有生活用品與利於保存的儲備糧食。

辛把分量多到瘦小的自己實在拿不動的各類物資堆進奇特的「清道夫」貨櫃裡，配合腳程較慢的它，讓「破壞神」稍稍放慢速度前進。

他帶著比外出時輕鬆一點的心情回到基地，看到藤香在機庫前等他。

她那嚴肅地皺起妍麗臉孔的表情，讓辛產生不祥的預感，抿起嘴脣。跟在身旁的「清道夫」

看起來機身彷彿細微地顫抖了一下。

當辛打開座艙罩從機體下來時，藤香開口了。蒼白的面容依然嚴肅，既像氣憤不已，又像心生恐懼。

「辛。」

只有嘴脣動了動，吐出話語。

一雙藍眼睛嚴肅地凍結。

「給你的戰區異動令下來了。」

5

第八十六區的強制收容所與各戰區受到反人員與反戰車地雷區及自動迎擊砲所封鎖，八十五區不用說，原則上也禁止八六前往收容地點以外的收容所，或是分發單位以外的戰區。

唯一的交通方式，就是遠從八十五區內飛越一百公里而來的軍用運輸機。由於從交戰區域到「軍團」支配區域的制空權都已被阻電擾亂型與對空砲兵型奪走，這種外形難看的金屬巨鳥只能飛在共和國支配區域內的狹窄空域。

四具噴射引擎此時全數熄火，辛在負責運輸的共和國軍軍官催促下，坐上開啟後部貨艙艙門的運輸機。

沒有多少私人物品需要帶走。自衛用的突擊步槍與自盡用的手槍，還有從第一次進入戰隊到現在不斷增加的同袍們的鋁製墓碑，他都已經藏在「破壞神」的駕駛艙內以免被沒收，所以現在不在手邊。

處理終端名義上是「破壞神」的零件，因此在轉調戰區時，一般來說處理終端與他們的座機會一併進行運輸。本來可供一次裝載多架「破壞神」的軍用運輸機貨艙，這次寬敞得毫無意義。

辛登上後斜板時，視線沒有朝向出來為他送行的藤香等整備組員，只是低頭致意。

無論是像他們這樣親切對待辛，還是正好相反把他當成瘟神，反正只要換個戰區就得跟這些人分離，恐怕這輩子再也無緣相遇。

辛也早已習慣了這種告別就是永別，無從得知彼此生死的關係。

也習慣了獨自待在寬大的貨艙空間，被運輸機帶著飛往其他戰場。

無論是被疏遠，還是關係變得親近……

反正到了最後，什麼都不會改變，每次都一樣。

都是一個人。

辛用力抿緊了嘴脣，藉此壓抑險些重回思緒的這幾天的回憶。

「清道夫」是前線基地配備的自動機器，跟那些被當成基地設備的整備組員一樣，不會離開原本配屬的基地。

不會跟他一起走。

辛跟正在固定僅僅一架「破壞神」的軍官沒有對上目光，直接從他身邊走過。雖說武裝與裝甲都很粗劣，「破壞神」仍是重量超過十噸的機甲。假如丟給不專業的處理終端來捆綁，造成固定得不夠牢固或故意不捆緊，起飛時可能會導致運輸機重心不穩而墜機。因此運輸時的「破壞神」固定作業不能交給八六來做。

當然，故意導致墜機的話，處理終端本人也會同歸於盡，但反正八六都得死在戰場上，其中想必也有人會覺得只要能拖幾個共和國人陪葬就夠了。從來不想認真做事的共和國軍人，關係到自己的性命時倒是很勤快。

軍官抬起頭來，忽地皺起眉頭揚了揚下巴，指向辛背後尚未關閉的艙門那邊。

「——喂，你難道想把那玩意兒也帶走嗎？」

「…………？」

回頭一看，一架「清道夫」用它那巨大身軀擋住射入的陽光佇立著。

它有著燻黑的舊型機體，以及剛替換過，唯一簇新的腿部。光學感應器的渾圓鏡頭眨眼般閃爍——正是那架他帶回來的「清道夫」。

「嗶！」

「……為什麼……」

再重複一遍，「清道夫」是前線基地的附屬品，說穿了就是基地的基本設備，不會離開所屬的基地。

更不可能跟著準備轉調他處的戰隊或處理終端離開。

辛困惑地回望「清道夫」，但它不予理會，逕自登上了後斜板。然後竟然還一副想坐穩的樣子彎曲四條腿，在貨艙的一隅坐下不動。

軍官上前阻止卻遭到忽視，便火冒三丈地轉頭看辛。

「你對它下了什麼命令？……誰准你一介八六擅作主張了？現在立刻叫它下去。」

他又能怎麼辦？

真要說起來，無論是辛還是其他八六……都沒有對「清道夫」下令的權限。辛一籌莫展，只能讓視線在軍官與「清道夫」之間來回游移。

探頭進來看看的藤香插嘴了：

「哎呀，可是那架『清道夫』不是你們共和國引以為傲的最尖端科技結晶嗎？」

講話時還翹起嘴角，一副瞧不起人的態度。

看到軍官不悅地回瞪過來，藤香揚起瓜子臉的下巴笑了。藍眼睛高雅地瞇起，嘴脣沒塗口紅卻依然紅豔。

嫣然地、傲然地。

面帶笑容。

「您的這項命令，像我們這種空有人類外形的劣等種人形豬玀，實在是沒有能力去執行。因為身為優良種族的你們共和國國民大爺小姐凝聚技術精粹開發的無人機，我們這些下賤的八六怎麼有辦法下令改變它的行動呢……當然嘍，這對高尚又高人一等的共和國軍人大爺來說，一定只是小事一樁吧？」

還是請您……

自行處理吧？

「唔……」

不知是出於羞恥或者憤怒，軍官漲紅了臉沒再說話。

大概是辦不到吧。不知道是他也沒有那種權限，還是面對明顯做出異常行為的「清道夫」，沒有足夠因應的知識或技術就是了。

但是，他的自尊似乎也不允許他說辦不到，不願意在八六這種人形豬玀的面前暴露出自己的無能。

「……好吧，隨便你。」

辛一聽立刻抬起頭，但軍官沒去看他。

他一副心不甘情不願的態度走到「清道夫」身邊，開始進行固定作業。藤香躲在用跟狗心情極佳地搖尾巴一樣的速度閃爍光學感應器的「清道夫」後面，面露柔和許多的微笑揮了揮手。

把「破壞神」、作為其處理終端的八六少年兵以及坐上運輸機的「清道夫」留在貨艙裡，軍官進入運輸機的駕駛艙。軍用航空器的貨艙時常會用來載人，但沒有任何一個共和國軍人會想跟八六同席。

「——裝載貨物的重量有變。麻煩你重新計算。」

「好的。」

軍官看也不看點頭的副機長，煩躁地口吐惡言。貨艙發生的那場爭執，一想起來就讓他不愉快。

「受不了，幾隻豬竟敢這麼囂張。區區下等生物還給我多找麻煩。」

憑這架運輸機的性能諸元，重量就算從十幾噸增加一倍也沒什麼大不了，但並不是完全不需動手處理。

「所以我才討厭那些八六，給我們增加工作還一副不在乎的態度。連人類大爺有多辛苦都不懂，被罵反應遲鈍是活該。臭豬玀，搞不清楚自己的家畜身分。」

聽到軍官抱怨個沒完，機長視線轉過來看他一眼。

「你不用這樣一再重複，大家又不是不知道那些傢伙是人形豬玀……好了啦，聽了實在不太舒服。」

「我知道。」

嘴上這樣講，軍官回話的口氣卻顯得苦澀難受。他知道，他都知道，但是不這樣講，脾氣就壓不下來。

如同軍方高層、軍中同袍、那群不負責任的指揮管制官、漠視現實的國民……他的祖國如此規定並掛在嘴邊的說法，八六是人形豬玀，是低劣、愚鈍又野蠻，進化失敗的劣等種。

他不得不這麼認定。

畜生。軍官沒發出聲音，只動著嘴脣如此喃喃自語。

不這樣想的話，這種工作誰幹得下去？可是……

他想起那個才剛進入十幾歲的年紀，以士兵而論太過幼小的少年兵……當他准許「清道夫」上運輸機時，那一瞬間的表情。

既然是兵器的零件，就該像個零件，擺出一副行屍走肉般的表情也就是了。

何必像那樣……

像個普通的孩子一樣……

竟給他露出把小狗撿回來以為會被搶走，所以偷偷飼養，卻沒想到大人答應可以養，那種小孩般的表情。

〈侍童〉附錄

即使重新啟動知覺同步仍然沒有任何同步對象，「破壞神」性能不太理想的雷達也沒有任何一架友機的反應。

又是全軍覆沒。

辛把只得到雜音回應的無線耳麥丟進駕駛艙裡，背靠自機的裝甲嘆一口氣。在這曾經是放牧場但遭人棄置已久的秋日戰地，戰隊長與他指揮的戰隊隊員都已經不在了。

「軍團」也早已撤退離去，如今僅留辛一人待在秋天特有的高遠澄澈的藍天下。無謂地晴朗無雲的碧藍天空，以及在冷風中搖曳的無名花叢，都對戰鬥或是人類之死不理不睬。

從剛滿十二歲的辛被指派為戰隊副長就可得知，這個戰隊沒有老兵。雖然如同每一次的狀況，除了自己一人之外全體陣亡也是無可奈何，但是——……

……不對。

「還有你在。」

「嗶。」

辛視線轉向鏗鏗鏗鏗地走到他身邊的舊型「清道夫」，如此說道。

不知是運氣好，還是因為型式老舊，多少學得比較多，這架奇特的「清道夫」比其他同類更懂得如何求生。明明像個忠心不二的勤務兵，追隨活用高周波刀這種近戰武裝或深入敵陣進攻打亂其聯繫的辛，卻總是能化險為夷。

「我想我大概又要轉調了，你這次還是打算跟著我嗎？」

「嗶！」

「這樣啊。」

看來是跟定了。

不用說也知道，藤香不在這個戰區。辛漫不經心地想，今後得靠自己哄騙共和國軍人(那些白豬)了。不光是這件事，恐怕還有很多事情全都得靠自己。

處理終端遲早會先死。

一旦遇到戰區異動，也得跟整備組員說再見。

所以，假如今後還想繼續求生存，就不能依賴別人，必須靠自己——……

「……嗶。」

「嗯？」

他一回神，發現「清道夫」正探頭過來看他。

渾圓的光學感應器沒閃爍一下，像隻聰明的狗富有心思地觀察人類那樣稍稍傾斜著機體。

這動作看起來帶有一點關懷的味道。當然，共和國的拾荒機並未搭載思考或情感等高水準的功能。

正在這樣想的時候，它不知為何把兩隻起重吊臂往天空伸直，然後開始慢慢地左搖右晃。

接著還左右交互屈伸腿部與本體的關節部位，跟起重吊臂用同樣的拍子左右搖晃十噸重的巨大身軀。

「…………」

這個，應該是……

在跳舞吧？

辛愣了一下，看著「清道夫」做出它不該有的怪裡怪氣動作，然後噗哧一聲噴笑出來。

跟來幫忙搬東西的時候也是，硬是搭上運輸機的時候也是。

「你這傢伙真奇怪。」

分明是個不可能具有情感的自動機器。

辛回望著好像在問「心情好一點了嗎？」再次湊過來看他的光學感應器說道。

「整天叫你你你的，有點容易混淆。」

「嗶？」

「你叫……想也知道不可能有名字吧。那就……」

就連對待好歹曾經是人類的八六，共和國都要剝奪個人的姓名，用編號加以管理了。

辛思索片刻，沒多想就把忽地浮現腦海的名字說出口。

他已經不記得是什麼時候得知這是給狗取的名字。不知為何感覺有些懷念，但也已經無從知道原因了。

「那就菲多。就叫你菲多吧。」

「嗶……！」

「清道夫」——更正，菲多的光學感應器像是感動萬分般嗶嗶閃爍。

看來是很中意（？）這個名字。它再度左右搖晃起重吊臂與本體，動作比剛才大，接著還開始發出鏗啷鏗啷咚咚磅磅吵死人的腳步聲，踩著舞步跳舞。

辛面帶苦笑旁觀它心花怒放到好像在撒小花的舞步，並說：

「等你跳夠了，我們就回基地吧。太晚回去會害整備班長擔心。」

「嗶！」

Appendix

齊亞德聯邦軍第八六獨立機動打擊群總部，軍械庫基地除了處理終端等戰鬥人員，另有為數眾多的軍人與文職等基地人員在職。

辛看到一個熟悉的醜醜巨大身軀似乎在幫這些人處理業務之一——補充物資的搬入作業，不禁停下腳步。

不同於戰場與前線基地相鄰的第八十六區或西部戰線第一七七師團戰區，遠離戰線的軍械庫基地在戰鬥後不須回收資源。本來還在好奇不用出動時——無事可做的這段時間，它都在做什麼，原來……

有別於參考菲多生產的聯邦製「清道夫」，菲多仍然沿用共和國製的核心組件。換言之，程式設定的任務應該跟第八十六區一樣，它的應變能力未免也太強了。

好吧。

反正它從待在第八十六區的時候就是這樣，既不理會共和國軍人的命令，也不在乎自己屬於哪個戰區，每次都擅自搭上運輸機，行動還滿自由有彈性的。

辛老早就不去思考這傢伙的內部程式到底是怎麼設計的了。

雖然覺得就算真的具有學習功能，這樣也未免太強大了，但想也不可能想出答案。

最後菲多把似乎裝滿蔬菜之類物資的貨櫃放下，轉向負責作業的食勤人員。

「嗶！」

「好——謝謝你每次都來幫忙，辛苦了……正好你的主人也來了。」

「嗶！」

菲多聽到又高又壯的南方黑種中尉這樣說便轉過身，於是辛走向它那淺黑色的巨大身軀。

辛就像對待一條狗那樣，一如平常地拍拍轉向他的菲多的光學感應器一帶，正好經過的葛蕾蒂見狀，露出微笑。

「你們感情真好。」

「維契爾上校。」

「嗶！」

葛蕾蒂對著光學感應器嗶嗶閃爍的菲多笑了笑，鞋跟喀喀作響地走過來。

運來糧食的卡車開走，接著來的是滿載彈藥類的拖車。她先是目送菲多走向那邊，然後張開她那塗了口紅的嘴唇說：

「……對共和國進行救援時，我們回收了幾架那孩子的同伴。」

辛視線輕輕轉向葛蕾蒂，而她沒看向辛。

「另外也有幾架『侍童』的運轉年數跟那孩子差不多，但沒有一架有那孩子這麼聰明，全都笨拙又不知變通……沒有任何初期命令以外的動作。」

也不會將一名特定的八六視為最優先補給對象，或是為此離開所屬基地。

更別說學會新的任務，例如切下戰死者的機體碎片——識別標誌的一部分帶回來。

不過只有回收戰死者遺體這件事，可能真的寫入了格外強硬的禁規（防護設定），就連菲多也辦不到。

「這樣啊。」

見辛回得平淡，葛蕾蒂揚起一邊眉毛。

「你都不會好奇嗎？不會想知道待在自己身邊的小傢伙為什麼跟其他『清道夫』不一樣？」

「維契爾上校妳才是，不會想把它拿去分析看看嗎？」

「ＡＩ又不是我的專業領域。如果不是戰鬥用……不是機甲的ＡＩ，就更不感興趣了。」

葛蕾蒂聳肩回答。

菲多的記憶體區留有辛他們的……包括死去之人在內，留有先鋒戰隊的紀錄。所以在將菲多轉移至聯邦製機體之際，辛聽說他們沒有過度挖掘核心組件的內容，這讓他心懷感激，只是……

辛稍微想了想之後說：

「在上校告訴我之前，我就已經知道菲多跟其他『清道夫』不一樣。在第八十六區的前線基地，也不是只有菲多這一架『清道夫』……再說……」

辛回看著注視他的紫色眼睛，接著說了：

「就算有人告訴我多年前撿回來養到現在的狗其實是狼，也沒什麼好在乎的吧。」

只要這傢伙願意跟自己親近，繼續陪在身邊的話。

葛蕾蒂露出淡淡苦笑。

「哎，也是啦。」

「就算那傢伙其實不是『清道夫』，我也無所謂。因為它仍然……」

辛往那邊看過去，菲多可能是注意到他的視線了，不知為何用力揮動著起重吊臂。辛眼睛對著它，嘴角無意識地綻出微笑。

「願意與我同在。」

EIGHTY SIX
The dead aren't in the field.
But they died there.
幼態延續：斷章〈烙印〉
These fragments turned the boy into the Grim Reaper.
〈Brand〉
FRAGMENTAL NEOTENY

3

「──辛苦啦，諾贊『副長』。」

辛將「破壞神」停放在機庫的規定位置，從機體下來時，一旁有人出聲叫他。

眼睛回望對方，一頭硬質金髮倒豎的青年衝著他露齒而笑。

「奴那登隊長。」

「叫我榮樹就好……都說過好幾遍了，你就是不肯改耶。想不到你這人這麼頑固。」

這個戰隊的戰隊長榮樹．奴那登上尉開懷地笑著，往辛這邊走來。高大的身材比辛高出一個頭以上，朱紅雙眸顯得活潑歡快。

「你今天一樣表現得很好。你救了我，也救了隊上的其他人。」

「我只是告知大家敵人的動向罷了。」

「夠好了。能夠避免遭到奇襲，就已經有很大幫助了。」

說完，榮樹忽然加深了笑意，朱緋種特有的朱紅眼睛呈現黃昏的色彩。

「你願意告訴我們，真的很了不起。雖然跟你同步遲早會聽出來，你這樣做還是很需要勇氣。謝謝你。」

謝謝你願意相信我們。

「……不會。」

這沒什麼。

因為就如同他所說的，只要跟他們繼續同步，這件事遲早會被發現。

榮樹苦笑。

「我在稱讚你，你老實接受就是了。我看你一定很不懂得如何接受人家的稱讚或謝意吧。」

「…………」

哪有什麼懂不懂。

只不過是沒什麼好被感謝的，所以也沒必要接受而已。

看到辛一副堅持不肯正視他的態度，榮樹加深了苦笑，同時換個話題：

「……話說，你來戰場（這裡）就快滿一年了吧？」

辛不懂他的意思，忍不住愣愣地回看他。只見榮樹得意地笑著說：

「那就得來……給你想個個人代號或標誌了！應該說，就由我來幫你想！」

「…………喔……」

辛與明明不關自己的事卻顯得莫名開心的榮樹正好相反，發出有氣無力的聲音。

在戰場上存活了一年的處理終端，在通訊聯繫時會使用固有的個人代號代替小隊名稱與編號組合而成的呼號（Call sign），同樣地，機體也會畫上個人標誌，而不是呼號。在這第八十六區，大多數處理終端都會在從軍後的一年內死亡，才會有這麼個老規矩。

當然，這不會記錄在共和國軍的官方文件上，不過基本上都得到默許。指揮管制官與他們的長官都對人形豬玀的奇風異俗不感興趣。

「你有沒有幫自己想過？例如比較想要哪種感覺？」

「反正就是識別用的記號罷了。名字、呼號還是收容編號都沒差。」

聽到辛的語氣變得有點不屑，榮樹忽地瞇起了眼睛。

「你討厭自己的名字嗎，辛？」

「…………」

霎時間，自己記憶底層鮮明強烈地復甦的嗓音與雙眸，讓辛用力咬緊了牙關。

辛（SIN）。

都是你的錯。

一切都是你的錯。

「……沒有。」

回話的聲音帶有些微的生硬。

自己發出的聲調不知為何讓辛感到一陣厭惡，目光向下低垂。不知不覺間，拳頭竟使勁握緊到把皮膚摩擦出聲。

榮樹似乎貼心地打算假裝沒注意到。

「沒有特別想要哪種的話，就我來想吧。這個嘛……」

想了一會兒之後，他露出一種想到好點子的表情豎起了食指。

「『火眼』怎麼樣？是某個神祇的綽號。聽說是率領戰士英靈的戰神，有著火焰般的眼睛。因為你也像鬼神一樣強悍，又守著那份約定……而且有美麗的紅眼睛。」

辛不由得心頭一凜，回望榮樹，只見他一副得意洋洋的神情再次露齒而笑。

看到他那像個哥哥對小弟弟惡作劇成功般的表情，辛有點慌張地移開視線。

因為這會讓他聯想到一個人，希望那個人也能這樣對他，但他不能也不配得到。

他都已經記不起那人的長相與笑起來的表情了。

「……那不合我的個性。」

「會嗎？我是覺得既然要取，就該取個帥氣到掉渣的代號。反正……」

辛抬頭看他，榮樹維持著笑容輕輕聳了聳肩。

「就像你說過的，說穿了還是識別用的記號，反正都是自我滿足的角色扮演遊戲嘛。」

榮樹目送戰隊副長的細瘦背影走出機庫，眼睛轉向待在稍遠處旁觀他們對話的整備班長。

「不過又要麻煩你就是了，塞亞整備班長閣下。」

「整備與修理是我們的工作，無所謂……但是，榮樹……」

這個從幼年學校就跟榮樹同班，後來又一起被遺棄在戰場上的老友整備班長，維持著好像已經固定不變的苦澀表情，只把視線轉向旁邊看他。他有著近乎銀色的金髮，以及據說來自北方鄰國移民血統的淡紫色眼睛。

「真佩服你願意理會那種令人毛骨悚然的小鬼。」

「出過什麼事嗎？」

「光是今天就死了幾個人？自從那傢伙分發到這裡來之後呢？」

「喔……」

榮樹輕嘆一口氣。原來是這件事啊。

關於兩個月前分發到這個戰隊，然後直接就任副長——附帶一提，第八十六區的指揮體系只看戰鬥能力決定軍階——的紅眼少年，打從一開始就有個不吉利的謠言跟著他。

「我覺得不是他害的啦。」

「很難說吧。畢竟還有那件事……據說那傢伙至今服役的所有戰隊，除了他以外，所有人都陣亡了不是嗎？」

榮樹無奈地彎下嘴角。他這個好朋友人不壞，只是該怎麼說？對他喜歡跟不喜歡的人有差別待遇就是了。

然而榮樹也明白那是因為他重感情，萬分不願意看到自己人受到傷害，並極度排斥造成傷害的原因。

「唉，那件事大概就是真的了……那傢伙……」

他往某處瞄一眼，以視線示意機庫牆壁的後方，戰隊副長在隊舍裡的個人房間。

辛除了有必要的時候，大多都在那個房間裡獨處，也從沒看過他跟年齡相仿的其他少年兵聊天。

「而且他從來不叫任何人的名字。既然抱著那份約定，應該不是不想記住大家的名字——大概是即使如此，還是想劃清界線吧。」

與遲早會先走一步的同袍們劃清界線。

長命到能獲得個人代號的處理終端——「代號者」，大多都會有一段時期表現出像他那種態度。榮樹對那種情緒也不是毫無印象。

因為一旦超乎必要地產生感情，失去時會特別痛苦。

榮樹他們這些「代號者」失去的事物多得令人無法承受。從軍的處理終端，每年能活下來的人不到千分之一。

可是，正因如此……

「那不是那傢伙的錯。」

八六本來就會死。在這第八十六區，每個人都會死。

死得太簡單。

而且不是任何人的錯。

「榮樹……」

「卡珊德拉是一語成讖的毀滅先知，即使是這樣……」

縱然……

將預言者看成毀滅的原因，分明是無可避免的悲慘結局，卻千方百計尋找可以指責的原因，這是人類社會常有的現象……

如同過去共和國逼八六承擔戰爭與敗戰的罪責，將他們趕進戰地……

「也不是卡珊德拉喚來毀滅，更不是她期望如此吧。」

2

「……榮樹是這樣說的，但實際上是怎樣？你到底是先知（卡珊德拉），還是瘟神？」

替「破壞神」修理過的部位做過完整動作測試後，塞亞唐突地這樣問，被問到的辛則回以無精打采的一瞥。熄燈時間將近，前線基地的機庫裡除了他們倆之外沒有別人。

無視年齡與體格的大幅差距，擊垮原本的副長坐上這個位子的辛，在對抗「軍團」的戰場上同樣發揮了無人能並駕齊驅的戰鬥能力。反過來說，由於他傾向於要求「破壞神」做出超乎本身性能的激烈動作，在自機的損傷與損耗率方面也無人能比。

因為他每次作戰總是把「破壞神」用到破爛不堪，最近甚至來不及整備與修理，還得替他準備專用的備用機輪流使用，才不至於開天窗。

但不知為何，本人卻沒受過什麼重傷。塞亞回望著他那過度端正，連是不是個有血有肉的人都令人存疑的白皙臉龐，感到十分不可思議。

看著他那雙與十歲出頭的年齡毫不相稱，削除了情感色彩的深紅眼睛。

「不知道。」

「你說什麼？」

「這種事情，恐怕就連卡珊德拉本人也分不清楚吧。究竟自己只是看見了無可避免的未來，還是看見的災厄幻覺其實正是自己呼喚而來的。」

同樣地，自己究竟是不是瘟神……

辛自己也無從判斷。

塞亞瞇細淡紫色眼睛，如野獸般低吼：

「……你……」

「我並不希望他們死，否則我也不會把這種事情告訴隊長或任何人了……我也不想沒事被人叫成亡靈附身的怪物。」

「…………」

辛嘴上這麼說，聲調中卻感覺不到任何好強或厭惡。

塞亞無從判斷而閉口不語時，辛仍然低頭看著只有步行系統全部換新的「破壞神」並說：

「整備班長，可以順便拜託你一件事嗎？」

塞亞略為揚起了一邊眉毛。

出於意外與疑惑。

可能是知道自己被討厭了，辛至今除了整備作業上有需要，從沒主動找塞亞說過話。現在他卻說……

有事拜託？

「要看是什麼事，你說吧。」

「可以請你教我怎麼解除『破壞神』的安全裝置嗎？驅動系統與控制系統，所有限制運動性能的裝置都要。」

塞亞神情嚴肅地瞇細眼睛。

「你聽誰說的？」

「卡倫少尉說的。負責修護我的『破壞神』的那位。」

「……那個笨蛋。明天過來時看我不揍扁那傢伙才怪。」

塞亞想起某個健談是無所謂但常常太多話的整備組員，厭煩地嘆氣。

他帶著這副表情繼續說：

「你知不知道安全裝置這個詞的意思？這可不是像動漫裡的超級機器人那樣一解除就能提升

力量，簡單方便又能輕鬆使用的功能。是因為有必要才會做限制。就連目前的設定狀態，對你們這些身體還在發育的小鬼造成的負擔都太大了。」

「破壞神」的運動性能不算強大，緩衝系統卻做得實在太差。腳程明明不比「軍團」主力戰車型或近距獵兵型，甚至輸給偶爾出現的最大機種重戰車型，行走聲卻吵得它們比都不用比……緩衝系統抵銷不了而反彈到搭乘者身上的衝擊力也相當大。

「你應該也看過幾次，知道至今有多少人被它害慘了吧？只不過存活了將近一年，就以為自己很特別？」

「沒有。」

那副淡然地搖搖頭，缺少情感的面容，至少看不出有他這個年齡特有的毫無根據的全能感。

只有言詞平淡木訥地接著說：

「可是，我需要這麼做。如果要使用高周波刀……使用近戰武裝，反應當然是越快越好，而且不能做出跳躍機動，坦白講很難打。」

「那你別用那種需要額外費力做整備的近戰裝備不就得了？」

就差沒多補一句「只有想自殺的人才會用」，雖然是事實就是了。

威力強大但攻擊範圍——應該說攻擊距離極端窄小的高周波刀是很危險的裝備。然而持續使用這種裝備的辛應該也明白這一點，只是個局外人的自己沒資格說那種話。

事實上，聽說作戰就某些方面來說，辛的確替他們帶來了一點優勢。

辛會從正面殺進那些「軍團」的隊列，打亂敵軍的聯繫引開注意，有時甚至與戰車型單挑。聽說他的存在與行動的確降低了其他隊員碰到危險的機率。

……最起碼……

他想保護同袍生命安全的意志，看來是真的。

「好吧。」

辛一聽，霍地抬起頭來。塞亞沒跟他對上視線，接著說下去。

如同塞亞自己說過的，提升「破壞神」的運動性能是一種犧牲處理終端生命安全的行為。不只是對於搭乘者，對機體造成的負擔也會大幅上升。

他這麼做，絕不該受到感謝。

「明天我把卡倫那傢伙揍扁之後就來教你，也會教你怎麼整備，然後會陪你練習一陣子適應一下。再來就是——個人標誌。」

看到那雙愣愣地眨了眨的血紅眼眸……只有這種時候顯露出的些許童稚，他邊嘆氣邊說：

「榮樹不是跟你說過，差不多該取一個了？你就趁待在這個戰隊的期間想好吧……哎……」

雖然共和國只會提供用來當成裝甲烤漆、色澤暗淡如枯骨的白茶塗料，還是可以從各處廢墟四處棄置的物資當中……

「你喜歡什麼顏色的塗料，我設法弄來就是了。」

1

對死後沒有墓碑，甚至無法留名的八六而言，取個人標誌可說是最沒意義的行為。

辛是這麼認為的，但大家似乎都想拿來做點綴。

即使他們自己也知道，這只是個除了他們以外沒人會看見或記住的空虛標誌。

在昨天下過雪染成一片銀白的廢墟城市裡，一座一邊尖塔已然倒塌的聖堂前面，辛面對頹然倒地的「破壞神」殘骸，低頭看著畫在它那被打爛的裝甲上的個人標誌，心裡這麼想。

這不是他那戰隊裡其他隊員的「破壞神」。在積雪底下，歷經風吹雨打與日曬的裝甲早已腐朽到破敗不堪，駕駛艙的廉價電木座位上躺著一具穿著已變色的野戰服的屍骨。

頭蓋骨不知去向。頸椎上沒有軍籍牌的銀色光輝，讓辛知道這是一名八六。不過就算不看這點，他也知道這具遺骸曾是一名八六。

也知道這人是誰。

「…………」

幾乎磨損消失的個人標誌是扛著長劍的無頭骷髏。

宛如死了卻無法安息，徬徨於戰場尋找自己失落頭顱的亡靈。

莫名清醒的腦海一隅不假思索地想，這簡直就像是對自己的嘲諷。

辛不知道「他」是出於何種想法才會替自己的機體畫上這個標誌。或許就如同自己的感覺，是個嘲諷，但他對自己是否還有這點程度的關注，坦白講都值得懷疑。

儘管如此，他在最後一刻似乎還是叫了自己的名字。

——辛。

殘留在耳朵深處的聲音令他略微瞇細眼睛，毫無聲響地從原本站著的機體斷腿下來。

即使知道斯人已杳不在這裡，還是應該讓他入土為安……不，是辛想把他葬了。即使不能蓋墳墓，至少能讓他歸於塵土。

然後……

辛無意識地伸出手，碰了碰模糊不清的個人標誌。

他跟愛麗絲，跟第一個戰隊的同袍們約好，要將並肩作戰過而先走一步的所有人帶走。之後他就把所有人記在心裡，帶著他們走到這一步。

雖然「他」不是其中之一，還是該帶著一起走。

「破壞神」的裝甲以單薄鋁合金製成。據說同樣以鋁合金製成的航空器外殼可以用軍用刀割開。他心想這樣應該有辦法割下，於是把兼做突擊步槍刺刀的堅固小刀刀尖抵在裝甲上——

「嘩！」

「……是你啊。」

看來是來找辛了。

看到舊型的「清道夫」——菲多出現，辛暫時收起小刀站起來。他們在昨天的戰鬥中走散，不過菲多似乎設法找到他了。

看到它鏗啷鏗啷地靠過來，辛眼睛望向積雪的道路另一頭——自己那架「破壞神」停放的角落，並說：

「不好意思，我的『破壞神』沒能源了，幫我補給。還有彈藥也要。」

「嗶！」

雖說戰鬥已經在昨天暫時結束，但這裡是交戰區域，他想盡早脫離無法戰鬥的狀態。

「等補給完後——」

辛正打算接著下令，無意間注意到一件事，眨了眨眼睛。

「清道夫」是在戰鬥後回收「破壞神」或「軍團」殘骸回營的拾荒機。為了把裝載不下的殘骸一併帶回去，也內建了切割用的噴槍與切斷鋸。

如果是其他「清道夫」，大概只會把機身解體，帶回去丟進再生爐。但這架莫名聰明的舊型機，說不定可以……

「菲多，你能把這個切下來嗎？我只想把這個帶回去。」

他用指尖戳戳眼前的個人標誌，指給它看。

辛跟愛麗絲他們說好，要替戰死者的機體碎片刻上那人的名字。但在實際上的戰鬥當中，不會那麼好運能拿到那種東西。以往他都是拿金屬片或木片湊合著當代用品，但假如菲多能夠割下裝甲碎片……

結果菲多還真的嗶咚一聲，讓光學感應器閃爍了一下。

「嗶！」

「那就拜託你了。」

「嗶！」

它的前半部鏗啷一聲猛烈上下晃動，大概是在點頭吧。

四下沒有「軍團」，事到如今也不會再有野獸來啃食化作白骨的遺體。草食動物在冬天找不到食物會比較虛弱，對肉食動物來說是肉類豐富的時期，肌肉腐化脫落已久的人骨不會引起牠們的興趣。

首先必須按照他的命令，替自機做補給。

為了帶菲多前往「破壞神」的隱藏位置，辛踏雪前行，忠誠的「清道夫」尾隨其後。

菲多輕鬆完成割取個人標誌的工作，然而埋葬遺骸比想像中耗時。因為土地結凍，他得費一番勁才能用刺刀挖開。

最後是有（似乎）看不下去的菲多幫忙，才勉強弄了個簡陋的墳堆。

儘管昨晚下的雪半夜就停了，現在天氣晴朗，但冷風依然刺骨。辛讓菲多採取停放姿勢來擋風，靠著它的貨櫃啜飲用雪煮成的熱開水稍事休息，在冬日短暫停留的太陽逐漸傾斜時站起來。

「嗶。」

「嗯。差不多該動身了。」

菲多確定辛離自己夠遠了之後才站起來；辛回看著它渾圓的光學感應器說道。雖說不過是兩隻手拿綽綽有餘的幾塊白骨，但畢竟是挖了個墳墓，他已經沒剩多少精神與體力可以立刻著手去做「另一件事」，然而……

「還是趁太陽下山之前回去比較好……而且也得去找戰隊長他們所有人的機體碎片，如果有留下來就必須帶回去。」

0

回營的只有辛與一架「破壞神」，以及原本屬於榮樹等人的座機，如今只剩一小塊破碎的鋁片。

「……你這傢伙，果然是個瘟神。」

「或許是吧。」

辛沒去看低聲咒罵的塞亞。

明明其他人一個都沒活著回來，辛卻只受了擦傷或輕微的跌打損傷。這次的作戰當中，他同樣擔任損耗率最高的前鋒。這種異常的幸運與超乎常人的戰鬥才能，現在卻是看了就討厭。

明明其他人一個都沒回來。

就他一個人。

簡直像是奪走了其他人的運氣，拿其他人當犧牲，讓自己存活下來。

咬緊的牙關狠狠地摩擦，嘰嘰作響。

「那傢伙都活了四年，為什麼現在才忽然……！」

講到一半，塞亞咬住嘴脣。

就是因為這樣。因為活了長達四年。

才會一直在這種激戰區服役。

八六本來就注定會死，不但要對付原本數量與性能就遠勝他們的「軍團」，如果還是在攻勢酷烈至極的激戰區，就更難存活了。

所以……

就算是辛一分發到這裡，就忽然捐軀……

那也絕不是辛來了的關係。

塞亞理性上明白，偏偏心態上就是不能接受。不只是榮樹，戰隊的所有人員都在一場作戰中突然送命。就算說八六注定得死，戰隊全員陣亡的情況也不是那麼常見。

更不要說……

他隸屬的所有戰隊竟無一例外。

除了瘟神，還能用什麼來形容？

要不就是死神。不分彼此，一視同仁，冷酷無情地斬殺周圍的敵人以及自己人——……

塞亞死命壓抑胸中肆虐的情緒風暴以及不該說出口的怒罵，辛卻好像對他的心情毫無所感，淡然地開口。

靜謐地凍結的血紅眼睛不帶感情色彩。

「整備班長，奴那登隊長跟我說過，要我想好個人標誌與識別名稱。」

塞亞長呼一口氣以降低自己的內心壓力。還以為他要說什麼咧。

「喔……是啊。雖然那傢伙本來應該是想自己幫你取。」

替這個在他的指揮下第一個可能活得過一年，大概被他當成小弟照顧的傢伙命名。

然而，榮樹已經不在了。

撒手人寰了。

「是……所以，我自己取。」

說完，辛突然遞出一小塊鋁金屬板，讓塞亞一時反應不過來，眨了眨眼睛。低頭一看，那是「破壞神」的部分裝甲。碎片年代久遠，畫在上面的陌生模糊圖案似乎是個人標誌。

它不屬於這座基地的任何一名戰隊隊員。既然如此，這究竟來自誰的機體，辛又為何要把這種東西帶回來……

「我不擅長畫畫。所以，可以請你幫忙嗎？」

意思是要我畫這個？

塞亞無意識地接下碎片，注視著那個識別標誌。是扛著長劍的無頭骷髏騎士圖案。

在同袍的屍堆中存活的「代號者」得到的識別名稱，大多都是帶點臭名意味的凶惡名詞。而經常取自識別名稱的個人標誌，也是由不吉利或黑色幽默的圖案占了大多數。然而在那些個人標誌當中，這個骷髏騎士的圖案可說是低級至極。

簡直就像——……

「這簡直就像死神，要不然就是送葬者，要是手上拿的是鐵鍬就更像了。感覺就是個獨自存活，替同伴挖墳的送葬怪物。」

對，簡直就像……

針對辛這個人的嘲諷。

被他這麼說，辛毫無自覺地露出一絲嗤笑。

笑臉冰冷得讓眼前這個比他大了足足十歲的整備班長都不禁倒退一步。

「——啊啊，說得真好。」

戰隊的同袍在昨天的戰場上全數捐軀。
之前也是，更早之前也是，從第一個部隊到現在，除了自己以外沒人存活。
所有人都是，與他並肩作戰過的人都死了。
無一例外。
曾經與他同在的人，一個都不剩。
既然如此，他也不在乎了。只要知道自己就是那種東西，有所自覺就有辦法對應。
瘟神。
或者是死神。
既然是這樣，就隨它去吧。
被當成亡靈附身的怪物受人忌諱更方便，別人都躲他躲得遠遠的反而輕鬆。為了達成對自己要求的使命，帶著每一個先死之人走下去，這樣反而能讓他的心志不受動搖。
他必須活下來。就算只剩自己一個人也得戰鬥到底，完成必須實現的心願。既然這樣，倒不如從一開始就不依靠任何人。
不如讓大家都知道他就是那種東西。
瞇起殷紅雙眸的冰冷笑臉，嘴角像撕裂般吊起。
塞亞的表情緊繃僵硬，既像恐懼又像畏忌。一旁的菲多機身微微一顫。
辛看不見自己的表情，有多淒厲、悽慘。

「這就是我的識別名稱了——因為這個名稱的確很適合我。」

與在這絕命戰場上跟人最親近、最令人仰慕，也最令人忌諱的死神同義的名號。

比誰都更接近死亡，卻只有自己一人遠離死亡，不停地埋葬他人。

將他們安葬在做不成的墳墓裡吧。往日已死的同袍是，今後將死的同袍也是。直到自己獨活至最後一刻，埋葬在那盡頭的存在之時。

「『送葬者(Undertaker)』。」

Appendix

由於日前與「軍團」的小型戰鬥，造成「送葬者」駕駛艙附近的裝甲裂開，必須更換特定部位的裝甲。

正好就在畫著個人標誌的部位。而個人標誌畢竟是每個人特有的圖案，因此並沒有準備重畫用的模版。

所以就這樣……

「……好，完成。」

賽歐穿著沾滿顏料的連身工作服，細瘦的身軀伸個大懶腰站起來。「送葬者」的純白裝甲只有一塊剛換新，才剛畫上辛的個人標誌——扛著鐵鍬的無頭骷髏。

賽歐心想：「這個很快又要變得傷痕累累了。」同一個圖案畫了好幾年的他感到有些空虛。跟其他同袍的圖案一樣，這可是他的自信之作。

在遠處旁觀——賽歐把他趕走以免害自己分心——的辛走過來探頭看看。

看慣了他穿沙漠迷彩野戰服的賽歐，對聯邦軍軍服的鐵灰色還有點不習慣。

「抱歉，每次都麻煩你。」

「嗯——沒關係啦。反正我也只有替辛你們還有蕾娜畫標誌，再說我本來就喜歡畫畫。」

聽到賽歐又說：「更何況除了我以外，也沒人會畫畫。」辛好像想起了什麼，笑了一下。

「當初你還問他們到底以為自己畫了什麼。」

「啊——」賽歐苦笑。他是說在第八十六區剛認識的時候吧。

當時同袍們都還是自己替自己畫個人標誌。

「畫得最爛的是戴亞，想畫黑狗結果畫成了黑色河馬。」

還是因為他的識別名稱叫黑狗(Black dog)，才勉強看得出來是狗。

「萊登號稱狼人，其實只能搆上狗頭人的邊也好不到哪去。可蕾娜忘了畫步槍的瞄具，安琪則是畫得很好沒錯，但實在太孩子氣了。」

大家都畫得太爛，讓賽歐忍不住說：「以後我來畫就好。」

一旦戰死，「破壞神」就是棺材，個人標誌可以算是某種墓碑。雖然辛說好會帶著他們的記憶與心靈走下去，不過賽歐也想替被留下的軀殼做點憑弔。

賽歐半沉浸在追憶裡，忽然帶著一絲苦澀翹起嘴角。

「大家都沒有多餘精神畫畫吧。所以畫的畫就跟小時候一樣。」

因為大家都只能奮力求生，無暇他顧，況且強制收容所裡連讓小孩子畫畫的一點點娛樂用品都沒有。

「辛畫的個人標誌該怎麼說呢？就是讓人不知該作何反應。要是畫得好當然很好，畫不好，好歹也能讓大家笑一笑耶。」

「直接說畫得太普通很沒意思不就行了？」

「與其說普通，辛的畫風應該說異常地公事公辦吧。說寫實也不太對。該怎麼說？就好像完全不帶感情……對，的確很沒意思。」

畢竟是當著本人的面，賽歐本來不想講得太毒，所以試著想了一下比較溫和的講法，只可惜沒想到。

所幸辛看起來並不介意——照他的個性，對這點程度的批評大概早就沒感覺了——於是賽歐試著說出自己的看法。

「感覺與其說是圖畫，根本就是地圖或設計圖。就好像除了需要解釋地形的時候，從來沒畫過畫。」

「真厲害，你猜對了。」

「啊，所以真的是那種用途？」

原來如此，難怪會變得異常地公事公辦。

以前共和國連像樣的戰區地圖都不肯提供，不知道是好是壞。

現在軍方會按照需要提供地圖，所以大概不用再自己畫了吧。

……對，現在不用了。

一切都改變了。聯邦會正常供應他們戰鬥所需的物資，支援也是，教育與娛樂也是。

戰死時得到安葬的權利也是，悼念同袍的權利也是。

「……辛，我問你。」

賽歐沒看回望自己的深紅雙眸，直接說道。他低頭看著那個才剛畫好的無頭骷髏標誌。

這個不祥的死神徽章在第八十六區的確拯救過大家。但是……

「你不想換個識別標誌嗎？這樣講是有點怪，但我覺得你其實不用再背負下去了吧。」

可以放下背負至今的那許許多多的人事物。

放下賽歐他們理所當然地讓他背負的事物。

辛似乎沒聽出賽歐有些複雜的內心情感。賽歐突然這樣對他說，讓他一臉疑惑地反問：

「畫煩了？」

「也不是畫煩了……只是覺得，好像不太吉利。」

「噢……」

想了一想之後，辛聳聳肩。

「或許是吧。可是都用了六年，現在才擔心不吉利也太慢了，而且我並不討厭這個標誌。」

「……這樣啊。」

賽歐苦笑著點點頭。儘管近乎罪惡感的複雜心情仍未散去，既然辛說沒關係就算了。

辛看了看個人標誌，無意間開口說：

「對了，關於蕾娜的個人標誌……」

賽歐用鼻子哼了一聲。

「喔，嗯。是我畫的，但不接受怨言喔。」

〈Undertaker〉
FRAGMENTAL NEOTENY
86
［EIGHTY SIX］
The dead aren't in the field.
But they died there.
幼態延續：斷章〈送葬者〉
These fragments turned the boy into the Grim Reaper.
5

4

「軍團」們撤退了。

這些不具情感的戰鬥機器失去同伴並不會害怕，但也不會急於報仇。只要達成作戰目標或是損害超過一定數量，就會平靜地開始撤退。

也許是捨不得損失殘餘的少數戰車型，鐵青色的敵機拿用過即丟的自走地雷殿後，開始後退。雷達螢幕上的敵機光點（Blip）密度漸次減低。

即使如此，處理終端們仍然不敢鬆懈，當他們透過光學感應器觀察周邊情形或是緊盯雷達螢幕時，一道冰冷的人聲落入他們耳中。

不是透過落伍的無線電傳來的穿插雜音的人聲，而是藉由知覺同步共享直接傳導給聽覺，鮮明而極度靜謐的聲音。

是第二十七戰區第一戰隊「剃刀」——他們戰隊的戰隊長的聲音。

『——送葬者呼叫各機。戰鬥結束。』

聲音聽起來像是他們的戰鬥機器宿敵，又像是統領戰場之神的嗓音，聲調嚴厲無情。

「第一小隊長收到。」

簡短回應後，刺刀戰隊第一小隊「副長」賽奇．立羽稍微放鬆了力道。同樣以知覺同步相連的同袍們也一樣透露出些許放鬆的氣息。

一般來說，第一小隊的小隊長是由戰隊長兼任，然而基於戰隊長於混戰時難以指揮隊員的戰鬥風格，以及與小隊員之間的關係等各種問題，這個戰隊由賽奇擔任小隊長。

沒錯，與戰隊隊員的關係也是。

只因戰隊長的戰鬥方式實在太過異乎常人。

賽奇視線轉往那邊，看到戰隊長機與在它周圍冒煙的「軍團」殘骸，不禁倒抽一口氣，心想「還是一樣這麼嚇人」。

那幾乎全是戰車型的殘骸。除了在第八十六區難得一見的重戰車型，這種機種在「軍團」當中擁有最高的火力與裝甲防禦，並以不合理的機動性能為傲。照理來講，「破壞神」根本對付不來的敵機，此時卻成堆拋錨倒在斷樹或碎裂的岩石空隙之間。

雖說賽奇與其他同袍也有進行掩護，但一半以上都是獨獨一架機體——他們的戰隊長機打下的戰果。

那種超凡入聖的本領。

等敵機的雷達回波光點一個不剩地離開戰場後，「破壞神」的視線自然而然聚集到戰隊長機上。站立於戰車型殘骸的正中央——正面殺進成群戰車型之中竟然還能生還，那架異於一般的「破壞神」。

枯骨般的白茶裝甲，滿身傷痕訴說著多場激戰的經驗。由於解除了安全裝置提升機動性能，機體在這春光明媚的日子依然冒出薄薄熱靄。從未見過他人使用的白刃裝備高周波刀，令人懷疑駕駛者的心智是否正常。

而駕駛艙的下方繪有一個小小的無頭骷髏的個人標誌。

這架機體的名稱是「送葬者」。是在這大半八六都會在一年以內戰死的第八十六區戰場，活過一年以上獲得識別名稱的「代號者」所駕駛的「破壞神」。

高舉形似死神的個人標誌，自願背負送葬者的名號。

賽奇每次看到它那有些不祥的氛圍，總是覺得簡直就像匍匐徘徊於戰場尋覓自己失落首級的戰死者骷髏。

在「送葬者」內部，戰隊長似乎喘了一口氣。此時恢復安靜的知覺同步通訊之中，落下一聲嘆息。

『大家回營吧。被擊毀的「破壞神」交給「清道夫」回收。』

「收到。」

賽奇再度回話，然後讓自己的「破壞神」調頭。品質低劣的鋁合金製棺材鏗啷一聲發出沉重而吵雜的腳步聲。

他讓光學感應器環顧四周，看見了森林戰場呈現的樣貌。被折斷的許多樹木倒在地上起火燃燒，變成了木炭仍繼續悶燒。還有被砲火炸碎飛散的岩石，以及遭到多腳兵器踢飛噴濺的泥巴與林地雜草。「軍團」與「破壞神」鐵青色與白茶色的殘骸躺在它們之間。

刺刀戰隊的……進一步來說，第八十六區的所有戰場，永遠都是這種景象。

即使如此，唯獨遠方綠蔭形成的空隙——將遙遠地平線染成殷紅的赤色形成了異於平常的色彩。與「軍團」支配區域相鄰的一帶有著一片鮮豔的深紅，大概是某種紅花的花叢吧。從這裡都看得見，可見一定是整面的如花似錦。

這讓他忽然覺得，春天到了。

好幾年沒注意到季節的變化了。在強制收容所只能一心求生存，沒多餘心力去留意季節的更迭。

要不是來到這個戰隊，即使離開收容所來到戰場，之後恐怕也……

「…………」

到了明年，現在這些處理終端的大多數人一定也無緣看見這片深紅。

即使如此，只要待在這個戰隊，所有人到了明年，說不定到了後年都還能看到。也許還能看到跟現在不同的花草。

即使有可能「不是活著看到」。

『第一小隊長？怎麼了嗎？』

「噢，沒有，抱歉。」

聽到戰隊長冷靜透徹中仍帶有少許疑惑的呼喚，他急忙回應。自己似乎看著戰地遠方的花叢，出神地看得太久，讓戰隊長擔心了。

知覺同步此時，沒有跟牆內的指揮管制官相連。負責這個戰隊的家畜看守閣下是個沒卵蛋的孬種，明明是職務所需，卻不跟戰隊長連上知覺同步。豈止如此，戰鬥中連無線電都關掉。作戰開始前會形式性地接通無線電把指揮權移交給戰隊長，然後就只是躲在牆內摀著耳朵，渾身發抖等著作戰結束。

戰隊長很清楚這一點，所以也不會通知指揮管制官作戰已經結束。

直到指揮管制官估計戰鬥確實已經結束，戰戰兢兢地接通無線電之前，就這麼擺著不管，有時好像連無線電呼叫都懶得理。即使如此，沒種的家畜看守還是不敢連上知覺同步。

多虧於此，賽奇他們回到基地，把愛機交給整備組員照顧，放鬆心情喘口氣之前都不用聽見白豬令人不快的叫聲……也不用擔心這段對話被聽見。

因為作戰時的八六被禁止使用個人姓名。

『沒什麼啦，送葬者……辛。』

聽到賽奇呼喚自己的名字，戰隊長機往他這邊瞄了一眼。賽奇明知道他看不見，仍然笑了起來。

「今天也辛苦你了，我們的死神。」

在第八十六區，從軍的處理終端幾乎都會在一年內戰死。

所以現在上戰場的人，大多數到了明年就「不在」了。今年綻放的花朵與滋潤萬物的春日藍天，到了明年都無緣看見。

但是只要在這個戰隊，明年一定也能看到那片紅花，或者是其他的花草，縱然屆時自己已經亡逝。

因為在這個戰隊裡有一位死神，願意帶著死者的心靈繼續走下去。

3

刺刀戰隊的前線基地，是沿用「軍團」戰爭爆發後棄守的小型機場機庫建造而成。

過去想必容納過航空器，天花板又高又寬廣的機庫，如今成了跟舊主毫無相通之處的「破壞神」的眠床。原本安置於此的銀翼各機或許已經隨著國民避難一起被收回八十五區內，也可能是送進再生工廠挪用為「破壞神」的零件，早已消失得無影無蹤。

無論如何，現在制空(天空)權已經落入「軍團」手裡，航空器頂多只能用來從後方運輸物資，再來就剩牆內的空中旅遊了。但偶爾會有白痴為了尋求刺激，飛到戰場欣賞風景，賽奇對他們的下場不感興趣。

他把自己的「破壞神」停放在固定位置，打開座艙罩後不禁安心地呼一口氣。全面受到裝甲板封鎖，除了三面光學螢幕外無法看見外界的駕駛艙陰暗又窄小，甚至讓人呼吸困難。就連才剛進入成長期，個頭還沒長高，體格也算細瘦的賽奇都這麼覺得了，換成原本被視為處理終端優先人選的成年男性，可能要被擠壞了。

事實上，跟「破壞神」的機師座艙相比，蹲在它前面的整備班長就絕對不可能坐得進去。儘管這也是因為整備班長的體格太壯，活脫脫一個高大版奇幻矮人就是了。

「辛……我說你啊，算我拜託你，駕駛再小心一點好嗎？每次才剛修理完就被弄壞，你也設身處地替我們想想吧。」

「我有在努力了，整備班長。」

「真是……不要老是亂來啊。」

整備班長晃著又硬又刺的小鬍子深深嘆一口氣，辛只轉動眼睛往後看他，從座機下來。硬底軍靴踩在地面鋪設的厚厚混凝土上，卻沒發出半點跫音，簡直就跟他們對抗的「軍團」一樣。

色彩如血的深紅雙眸掃視整座機庫，掃過久經日曬與塵封而變色的老舊機庫、成排的「破壞神」，以及它們周圍的處理終端與整備組員，目光不曾停留在任何一個人事物上，毫不關心。

與無人能夠比肩的戰鬥能力正好相反，辛的容貌稚氣得令人不敢相信。比起戰隊的其他處理終端，年紀仍然算輕，記得好像比今年十五歲的賽奇小了兩三歲？

即使如此，刺刀戰隊裡仍然沒有一個人敢小看他，有的只是敬畏與畏懼之意。

事實上，辛的確令人生畏。

表情靜謐無語，思維冷靜透徹，戰法威猛凌厲。正可謂身經百戰，如同在多次戰鬥中刀刃缺角又重新鍛造，愈增鋒利的刀劍。

據說他的戰鬥資歷在不久之前超過一年，從上個戰隊就擔任戰隊長了。

儘管聽說那個戰隊最終除了他之外也是全員陣亡，但那是殲滅「軍團」前進陣地的作戰結果。「軍團」為了推進戰線，會搭建前進陣地作為橋頭堡之用。當然，四周會配置應有的戰力負責警戒與陣地防禦工作。

既然要突破敵軍的迎擊並打擊前進陣地，「破壞神」部隊自然也會蒙受極大損害。視前進陣地的規模而定，豈止一個戰隊，一個戰區四個戰隊全機出動都有可能在這種作戰中全軍覆沒。

光是辛一個人能活著回來就已經值得慶幸了。

但也因為如此，辛才令人生畏。

當他一聲不響地走在機庫裡時，周圍沒有任何人會找他說話，就連幾個正在說笑的處理終端或是整備組員都安靜下來。宛如一群小鳥，臣服於悠然凌霄的鷹王之下。

那就是代號者，是在這絕命戰場上存活了一年以上的怪物。

是跟他們不一樣的「某種存在」。

辛也一樣，看都不看這些同袍一眼。

他大概也知道自己被敬而遠之了吧，所以跟賽奇或其他處理終端相處時，也總是劃清界線。他從不跨越雙方劃分的界線，也不讓人跨越。

不知道這是否會讓他感到寂寞。

賽奇想跟他說點什麼，但終究還是吞了回去。

他不知道能說些什麼。

也許是發覺賽奇欲言又止的氣息，辛略往他瞥了一眼。情感色彩淡薄的雙眸一時定睛盯著賽奇的茶色眼睛，然後忽然別開，像是什麼也沒發生過。

那靜謐的紅，留下鮮明強烈的印象。

誰也沒看過他取下圍在脖子上的天空色領巾，所以誰也不知道那底下有什麼，藏了什麼。

大概是因為這樣，於是有人說了。

現在大家都會半開玩笑把那句話掛在嘴邊，背後隱藏著難以拂拭的畏懼、羨慕，或者是一抹哀憐。

「那傢伙大概早就弄丟了自己的腦袋，才要遮遮掩掩的吧。」

尋覓失去的首級，徬徨於戰場。

以形似無頭屍骨的機甲為坐騎，讓貪食同伴殘骸的機械食腐者（清道夫）隨侍左右。

成為在這戰場上最令人忌諱、仰慕，注定將在戰場上殞命的他們八六的神祇。

其名為——東部戰線的無頭死神。

2

今天的作戰兩個人喪命，一個人沒死透。

好吧。

「……雖然不是天天發生……」

但也不是什麼新鮮事。

一架機師座艙被戰車型的戰車砲彈炸飛，一架被近距獵兵型的高周波刀劈開。賽奇注視著再也無法行動的兩架「破壞神」，喃喃自語。

隸屬同一小隊的侯麗帶著責備的意味看他一眼，但沒說什麼。

因為沒什麼好說的。八六就是這種存在，是用過即丟的兵器零件，不過是就算絕種，對共和國來說也不痛不癢的人形家畜罷了。所以戰死也是理所當然，所以他們早就習慣了。

況且……

侯麗哀傷但又有些安心地說了。

面帶微笑。

「不過，幸好我們有死神跟著。」

「……是啊。」

賽奇也點頭，表示她說得對。

對，他們有死神跟著。一位在戰鬥中能夠精確看穿「軍團」的動向，同袍死後願意帶著他們的記憶與心靈，繼續走下去的死神。

這是剛分發到這裡時，他們與辛的約定。

他們說好由最後存活的那一個人記住所有戰死的同袍，帶著他們走到生命盡頭。

辛會存活下來，他一定能走到大家走不到的地方。既然他願意帶著大家一同前往，死亡便不足為懼。

就算運氣不好，沒死透也不用怕。

辛走向拋錨的第三架「破壞神」，走向怕火的鋁合金裝甲大概早已燒成焦炭，卻還剩一口氣的裡面那個倒楣同袍。

辛隨便用一隻手從右腿的槍套拔出手槍，邊走邊把手放在滑套上，拉動一次讓第一枚子彈上膛。動作極其熟練。

他伸手抓住座艙罩的開啟桿，同時自言自語般說了：

「……不想聽見的話，就把耳朵摀起來。」

臉色蒼白或表情僵硬地注視著燒焦的「破壞神」，年齡與辛相差無幾的新兵們急忙摀起耳朵，閉上眼睛或把臉別開。辛用眼角餘光確認過後，打開座艙罩。

他朝機內的同袍伸出手，大概是輕觸了一下對方，講了一兩句話。

「啊啊。」賽奇看到他那模樣，慨嘆著想。

儘管性情冷靜透徹，對其他所有人都劃清界線，但並不是對所有人都沒感情。

他的本質，反而是——……

連續三發無情的九毫米手槍槍聲，撕碎並奪去了後續的思考。

早上起來時發現辛不在，到機庫一看，「破壞神」也不見了。

我懂了，他一定是……

賽奇如此心想，前往他應該會在的地方。

走了很長一段路後，果然如他所料。在森林裡，刺刀戰隊主要戰場的一隅，從樹林空隙可一覽紅花繽紛的春天戰場。「破壞神」的少數機體零件散落在昨天死了三人的地點，辛與好像叫作菲多的舊款「清道夫」面對著它們。

辛似乎正在命令菲多割下三架「破壞神」的碎片。分別是被炸飛、被劈開，以及燒焦的機體。他準備將這三種機體變成可收在掌心裡的小塊碎片。

代替被禁止立起的昨日死去三人的墓碑。

只有在跟菲多相處時，辛的表情會柔和一點。他那側臉忽地變得冰冷，僅有血紅眼睛的視線轉向這邊。

「——你跑來這裡做什麼，立羽？」

被他這麼一問，賽奇從綠蔭之間走到葉隙間灑下的陽光下。他並沒有故意躲起來，但也沒多想就促狹地舉雙手投降說：

「看你不在基地，就知道今天『軍團』大概不會來。」

如果預測到「軍團」即將發動襲擊，辛絕不會獨自外出走動，最起碼不會不說一聲就離開基地。

因為這個年少的戰隊長絕不會做出怠忽職守的行為。

辛抬頭看著擺出投降姿勢的賽奇，但笑也不笑。

「就算它們來襲，我也逃得掉，所以我才會過來……這裡是交戰區域深境，不是可以來散步走走的地方。」

意思是：憑你的本事逃不掉。

被他用這種言外之意冷漠拒絕，賽奇卻咧嘴笑著說：

「所以跟你待在一塊不就不用怕了嗎？」

辛眨了一下眼睛。

賽奇跟他認識不久，但知道這是他感到意外時的小習慣。

看得出來就表示……會被旁人發現這種小習慣，可見辛仍然有他那個年齡的稚氣。以為自己把感情隱藏起來了卻沒藏好，以為扼殺了自己的心，卻仍然保有人心。

辛不會對賽奇見死不救。

賽奇很清楚這一點。正因為清楚，才會明知有危險，依舊一個人來到交戰區域這麼深入的地帶。

辛不會丟下別人不管。

這個就連死者都一個不剩想扛著走的傢伙，絕不可能對活著的同袍見死不救。

賽奇低頭看著他，做如此想。

對，是低頭看著。即使站在眼前，剛進入成長期的辛視線高度仍比他低上許多。與幾年前已經迎接成長期的賽奇，無論是身高或體格都截然不同。

其實誰都不認為……可以把一切丟給這個比他們小的少年去擔負。

「你說你會帶著死去的其他人走下去……但我其實也很想祭悼他們。」

只不過是怕拖累戰鬥本領遠勝他人的辛，才沒有過來。

其實，大家都一樣。

1

話雖如此，割取「破壞神」破片是菲多的工作，負責保管的是辛，所以賽奇沒事好做。

要是遺體有剩還可以偷偷幫忙埋葬（賽奇還把鐵鍬放在自己的「破壞神」裡帶了過來），不幸似乎跟「破壞神」的大半殘骸一起被「軍團」帶走了。

跟「清道夫」一樣，「軍團」的回收運輸型會在戰場上爬行尋找可回收利用的殘骸。儘管未配備武裝，但能輕鬆輾斃人類的鋼鐵大蜈蚣，勤勞能幹得一個晚上就能把戰場遺址清理得乾乾淨淨。

既然這樣，賽奇原本想至少獻個花，無奈未經人手整理的深邃森林裡沒那麼容易找到美麗綻放的花朵。賽奇到處走動找著找著，一不小心竟開始追著眼睛看到的另一種東西跑。

一種白色翅膀反射春日的柔和葉隙陽光，連一點微風都能吹得牠輕飄飄飛舞，身子骨纖細脆弱的生物。

是蝴蝶。

「看……我的。」

賽奇彎著雙手手掌左右包夾，眼明手快地捉到蝴蝶，接著猛一回神。

他慢慢地轉頭一看，只見辛面無表情，用一種明顯傻眼的視線看著他。

呃……

為了設法把這個尷尬到極點的狀況糊弄過去，他佯裝鎮定問問看：

「你要不要試試？」

「不要。」

結果被辛用一種意外孩子氣的口吻拒絕了。

大概是話說出口之後，自己也發現語氣有點幼稚，辛微微皺起臉孔。

「……你這傢伙真奇怪。」

「戰鬥的時候還好，但現在被你這個小弟弟叫成你這傢伙，還真有點不爽耶。話又說回來，不要沒頭沒腦就說別人奇怪啦。」

自己明明也是個怪人，還敢說別人。

賽奇邊說邊打開手掌。被關在掌心裡的蝴蝶輕柔地起飛。牠離開地表，越過樹梢，逐漸飛向綠葉天頂上方那片春日青空。

辛目送牠飛走後開口道：

「不是想要才捉的嗎？」

「嗯——不用了啦，因為……」

小白蝶已經消失在藍天下，再也看不見了。但賽奇仍然凝目追尋那道軌跡，並說：

「那說不定是他們當中的哪個人啊。」

說不定是昨天死在這裡的其中一名同袍。

「………？」

他看見辛面無表情卻略顯疑惑的神情，於是聳了聳肩。

「蝴蝶是死者靈魂的化身，藍色是天堂的顏色。你沒聽說過嗎？」

並沒有人傳布這種說法，但蝴蝶一直是全人類文明共通的靈魂與死後的象徵。

「沒有……那種的你也信？」

會去相信天堂，或是死後的世界。

從聲調中的些微厭惡聽起來，辛應該是不信吧。賽奇心想：「死神當然不會相信天堂或地獄了。」並且苦笑著搖頭。

「我不相信有天堂。先度過悲慘人生再來說死後可以享福，聽了反而更生氣吧。但蝴蝶不一樣。」

那對人類來說，是死者魂魄的化身。

「我或許……相信這種說法。」

視線自然而然地仰望天際，仰望滋潤萬物般的春日穹蒼。

在那片蔚藍之上，或者在賽奇從未看過，只知道是一片湛藍的海底……也許因為人們相信那裡就是死者的世界，所以天堂才會是藍色。

「你以前待過的強制收容所，小孩子後來都怎麼樣了？那些年紀比你小，收容時還在吃奶或是比那再大一點的小孩呢？」

辛一時沉默了。

像是一種憶起某事，必須藉此壓抑某種情感的沉默。

「死了。」

「我想也是。我待過的地方也一樣，大家都死了。」

突然遭受毫不留情的怒罵與暴力造成的極度壓力，還有強制收容所極端惡劣的環境。提供庇護的父母兄弟或身旁的大人被一個個帶去打仗跟勞動，再加上缺乏像樣醫療的狀況，造成了兒童死亡率大幅攀升。

嬰幼兒本來就容易死亡。過半數的新生兒能夠長大成人，是拜近代醫療發達所賜。失去了這份恩惠，每座強制收容所好像幾乎都沒有幼兒能活過第一個冬天。

「我待過的那裡，大家都得了一種不知道是什麼的病。沒有人能幫忙治療，又怕被感染……就把那些小傢伙全部關在收容所盡頭的營房。」

「…………」

「那些小孩……」

賽奇回想起當時情景。等到再也聽不見哭聲、呻吟聲與碰撞聲響後，他們才去窺探營房裡的狀況。

在那最深處的牆壁上，一整面都……

「畫了蝴蝶。在關住他們的營房牆上，整面畫滿了蝴蝶，畫到他們能搆到的高度。」

泥土色，以及沙土色。蓋在要塞牆外當成畜棚的強制收容所，自然不可能有畫具或蠟筆給小孩子畫畫。

但是賽奇卻在那裡看見了紛飛的彩色幻象。

看見畫出無數蝴蝶的無數幼童最後必定夢想過的鮮明、炫目的色彩。

「他們不可能會知道。因為那時候，他們都還只是小娃娃或比那再大一點，不可能有人告訴過他們，可是，那些小孩全都畫了蝴蝶。」

在不知道蝴蝶象徵靈魂的狀態下……幻想著自己化為蝴蝶，從那地獄獲得解脫的夢境。

所以賽奇認為蝴蝶確實就是逝者靈魂的象徵。人死了就會變成蝴蝶。早在很久以前就被徵召捐軀的爸媽、姊姊與哥哥是，先走一步的同袍也是。

「我們也是。」

聽說還有一種碧藍色的蝴蝶。雖然在共和國過去的領土內……在這第八十六區沒有，但在這個世界上，有種散播著絢爛、燦爛的藍光飛舞的美麗蝴蝶。

然而賽奇一定不會有機會看到那種周身死後世界的色彩，由死者靈魂化身而成的生物。

死了以後也看不到。

「我們本來也只能是那種蝴蝶，死了也只能成為蝴蝶。用孱弱的翅膀與脆弱的身體，弱不禁風又被雨水打落，一定還沒飛離自己的屍體多遠就落地了。」

無緣看見當時那些孩子們夢想的美麗世界。

可是……

「可是，現在不同了。在這裡就不是了……因為有你在。」

即使是只能化為脆弱蝴蝶的死者，也有一位死神願意帶著他們走下去。

賽奇以及其他先走一步的同袍一定能夠走得比孤獨死去時更遠，一定能夠看見本來無緣看見的事物，跟辛同在。

在森林的空隙，東邊交戰區域的深境。在那可能與「軍團」支配區域相鄰的遠處，紅花今天依然盛開。

他們也許能夠走到比那片深紅更遠的地方。

辛將自己的「破壞神」停放在基地的機庫，但並未開啟座艙罩，輕嘆一口氣。可以從維持啟動狀態的光學螢幕之一看見賽奇同樣停放「破壞神」，從機體下來，用他特有的輕快腳步走向某處。令人傻眼的是還扛著一把大鐵鍬，駕駛艙已經夠窄了，還特地帶上那種東西。

……步調都亂了。

感覺不讓他人或自己跨越的那條界線似乎在不知不覺間被他踩過了。而且一回神會發現，自已變得忍不住想伸手探向另一邊。

但是就算伸手過去，所有人也都只會比他先死。

沙！一聲響起的雜音打斷了思考。

『——管制一號呼叫第一戰隊。送葬者，聽得見嗎？』

「送葬者呼叫管制一號。請問有何指示？」

辛淡然回應透過無線電傳來的年輕而稍嫌懦弱的男聲。牆內的幾乎每一個指揮管制官，都不願意跟辛連上知覺同步，其中這個特別沒膽的傢伙連無線電聯絡都是能省則省。

說起來，這個時間在報告上似乎屬於巡邏時段——辛邊這麼想邊等對方說話。不過巡邏工作早在很久以前就因為沒必要而沒人在做了。

『通知你下一個任務——在交戰區域深處「軍團」支配區域附近，已發現前進陣地的建築工事。第一戰隊必須以眼下的所有戰力，殲滅目標前進陣地。』

辛微微揚起一邊眉毛。

前進陣地是「軍團」為了推進戰線——擴大支配區域而建造的進攻據點。一旦建造完成，接著「軍團」當然就會展開攻勢，而且是足以突破己方戰線的強大攻勢。

所以趁據點完成之前——趁敵軍做好準備進攻之前，搶先擊潰前進陣地，以共和國運用八六作為防衛戰力的戰術來說是對的，但是……

「你是說只靠第一戰隊嗎？第二戰隊以下的支援呢？」

「軍團」也明白前進陣地會在完成之前遭受敵襲。指揮管制官所說的據點周邊，早已布下了護衛與迎擊用的部隊。

規模大致相當於兩個大隊。雖然不至於是以戰車型與重戰車型為主體的機甲大隊，應該是迎擊專用的反戰車砲兵型，但光靠「破壞神」一個戰隊仍是難以對付的戰力。

『沒有……上級認為不需要。』

辛淡然嘆了口氣。雖然與他通訊的指揮管制官傳來畏縮的氣息，但辛不在乎，也沒義務去顧慮他的心情。

對付兩個大隊規模的「軍團」，只憑一個不到二十四架「破壞神」的戰隊。意思就是說……

「是要我們去死對吧，管制一號。」

0

八六是注定一死之人。

在這絕命戰場，受困於敵機包圍與棄他們於不顧的祖國鋪設的地雷區，總有一天，死在機械亡靈的手裡。

注定如此。

聽到共和國下達這種等於叫他們去死的任務，所有處理終端無不陷入沉默。

辛解說完任務內容與整個作戰流程後，繼續站在這些戰隊隊員面前，沒再多說什麼。在只是自律無人兵器機庫的第八十六區基地設置來充數的簡報室裡，背後貼著不知是誰隨便從哪裡撕下來的戰區地圖。

有任何不滿，有任何怨言，儘管對他說就是了。他站在那裡，大概就是這個意思。

但是那些不滿與怨恨，本來都不該由辛來承受。

所以賽奇搶先說了。

搶在眾人無法消除的恐懼或無處宣洩的憤恨，拿眼前的辛當發洩對象之前。

搶在同袍們還沒跟共和國那些為了發洩對「軍團」的恐懼、對敗戰的愾憤以及自卑感，把他們八六變成人形家畜的白豬犯下同樣可恥的過錯之前。

「了解——你們別一副這種表情啦，又不會怎樣。你們想嘛……」

他一面注意聚集在身上的視線一面笑給大家看。保持平靜，就像在說這是不言自明的道理。告訴大家沒什麼好害怕的。

因為……

「就算我們死了，你也會帶著我們一起走對吧，我們的死神？」

回望的血紅雙眸一瞬間隱微地搖曳。

賽奇定睛注視著那點流光，說了。

至少要面帶笑容。

但願能稍微減輕他的負擔。

「那就沒問題了啊，應該說還不賴……我不是說過了？有你在，我們不用死得孤單寂寞。即使死了，也不會被所有人遺忘……死了以後，你仍然會帶著我們走下去。既然這樣，死亡也不是件壞事。」

對，他不怕死。

他對此早有心理準備。他們死後，仍然可以得到救贖。

所以他不怕死。

只有一件事令他心有牽掛。

分明冷靜透徹，分明嚴厲無情，分明擺出一副心志不受外力動搖的神情……

卻無法拋下只是曾經並肩作戰的每一個同袍，無法拋下任何一個丟下他一個人說走就走的無能戰友——這麼一個其實本性溫柔的小孩。

選擇成為他人的救贖，自己卻得不到任何人拯救，也無法向任何人求救。

對於這樣的一個小孩……

他們終究只會成為重擔。

如果能並肩作戰，該有多好？只可惜他們直到最後都沒有那份力量。

……對不起。

聲音未曾化為言語，所以沒能傳達給他。

在等待出擊的「破壞神」駕駛艙裡，辛無意間將意識轉向收進備品箱裡的鋁片。早已相連的知覺同步中，充滿了四周同袍們緊張萬分的氣息。

這些戰死者的「破壞神」小碎塊刻上了死者的名字，只有增加，不曾減少，代替無法建造的墳墓，作為鋁製的墓碑群。

如今辛仍然鮮明地記得第一個與他立下這份約定的戰隊長，笑起來的容顏與那頭黑色長髮。也記得將那黑髮染得一片溼黏的，她自己的鮮血顏色。

他曾經招人怨恨，曾經受人依靠，曾經被厭棄，也曾經有過短暫的緣分。每一個人，他都記得。

他們全都死了。

而今後，會死更多的人。

八六生存的第八十六區就是這樣的戰場。沒有人能活下來，所有人都注定一死。

即使如此……

——你會帶著我們一起走對吧，我們的死神。

只要那能成為僅有的一點救贖。

因為自己只能做到這點小事。

他會帶著所有人一起走。

走向他自己的願望盡頭。

辛抬起了視線。鮮血般深紅的雙眸如今冰冷透徹，平靜得嚴厲無情，純粹靜謐地——冷若冰霜。

宛如一把出鞘的冰刃。

宛如統領深紅戰場，冷酷無情的死神。

作戰開始的時刻到來。

在封閉的陰暗駕駛艙內，文字在啟動的光學螢幕上跳動。粗陋的文字正適合螢幕粗糙的畫質。終有一天為他自己入殮的鋁合金製棺材顯示了啟動畫面：

『系統啟動。』

『共和國兵工廠　Ｍ１Ａ４「破壞神」ＯＳ　Ｖｅｒ８・１５。』

視線轉向他方，遙遠彼端的戰場一片殷紅。戰場上綻放一片花海——那是虞美人花的深紅。

在昔日的白骨荒野戰場，從血而生，狂烈綻放。

這第八十六區，也是掩埋白骨的戰場。八六的屍體得不到憑弔，機械亡靈四處徬徨。直到有一天，他自己也加入那死者行列的時刻到來……

他將步向戰場的彼端。

嘎！刺耳的雜音混進與時代脫節的無線通訊。

These fragment
turned the boy
into the
Grim Reaper.
06
幼態延續：斷章〈過錯〉
〈Culpa〉
The dead aren't in the field.
But they died there.

「你們必須了解自己受到了何種對待，被剝奪了何種事物，受到了何種傷害，又該如何面對這一切，如何讓這件事情流傳後世。」

先是父親，後來母親也上了戰場，強制收容所的教會神父好心收養了辛與他的哥哥，當這位神父表示願意教他們念書時，一開始說的就是這番話。

即使辛已經忘了雙親的長相與聲音，甚至不再記得聽到這番話時還陪著他的哥哥的長相與聲音，但他還記得這番話，因為他想記住。儘管這番話對年幼的辛來說還太難，但看到比他大十歲的哥哥嚴肅點頭的模樣，讓他知道這番話必須銘記在心。

辛日後才得知，無論在哪個強制收容所，似乎都有少數幾人像神父這樣試著教育孩子們。一開始是男人在戰場與勞動中喪生，男人死了就換女人，然後是病人與老人被帶走，使得強制收容所只剩下衰老不堪的老人與孩童，連共同體的體制都維持不住，但還是有人認為無論如何都得給予孩子們最低限度的教育。

為的是讓他們在想獲得知識時，或是在他們想針對自己陷入的苦境留下紀錄時有辦法做到，同時假如這種強制收容政策有結束的一天——這麼做可以盡量拓展孩子們未來的可能性。

收容政策初期，還有一些人能懷著這種希望。

例如老態龍鍾的老人當中，還有著些許氣力的人；例如較為年長的孩子們當中，特別有骨氣的人。這些人會把孩子們聚集起來，盡自己最大的力量教育他們。雖然聽說幾乎就是教點讀書寫字或算數，不過負責監視的共和國軍人認為識字有利於服兵役，所以對此也採取默許態度。

不過當然也有很多老人不願參與，不出所料也有很多小孩覺得在強制收容所學習讀書寫字或算數沒有意義，顯得意興闌珊。

辛始終沒有機會去上那種「學校」，不過神父讓辛與他哥哥接受的教育水準想必在那之上。神父過去作為共和國國軍軍官，接受過應有的教育，並且在進行日常禮讚的同時廣泛研讀各類學問，見多識廣且洞燭入微。加上雖然只是小村子的教會，但畢竟是歷史悠久的教堂，擁有歷屆神父在漫長歲月中收集的豐富藏書。那在強制收容所恐怕是最得天獨厚的學習環境，日後回想起來都覺得堪稱僥倖。

即使如此……

辛死於哥哥手中的那一夜——就連神父也沒能告訴辛他究竟犯了什麼過錯，讓他哥哥憤恨到那種地步。

†

「——你又來這裡了啊，辛。」

「神父大人。」

與其說高大，不如說身形巨大的神父一站在那裡，就會擋住書房入口的光線。聽到那裡有人叫自己，滿十歲的辛從攤開的書本抬起頭來。古色古香的皮革封面書對小孩子的手來說太重，辛坐著把它在大腿上攤開，弄得腿有點麻。

雷入伍之後，辛變得更常獨處，於是向教會書房的藏書尋求手段，用來填補以往與哥哥相處的時間空檔。

自己究竟做了什麼讓哥哥那麼生氣？因為不懂，所以必須思考，但他缺乏足夠的語彙與知識用來思考，所以必須學習。

只要把心思用來學習與思考，就可以不用去關注那些他不願注意的事情。

不用去注意自從險些死在哥哥手裡後就開始聽見的機械亡靈們的聲音。

不用去注意將他辱罵為敵國後裔或是向他丟石頭的教會庭院外面那些八六的敵意與惡意。

不用去注意自從懂事以來，到了這座強制收容所仍然一直陪在自己身邊，如今卻像是拋下自己遠走高飛的哥哥離去的事實。

神父低頭看著辛那副自從雷三年前離開後就失去所有表情，年紀還小卻已經對一切無動於衷的面容，有些勉為其難地擠出微笑。

「今天的晚餐是大餐喔。我打下了飛到中庭樹上的鳥，這一隻挺肥的，等著吃好料吧……有了，下次我教你不用獵槍打獵的方式。」

除了教養與知識等等，辛還向神父學習了如何打獵、槍械的射擊與整備步驟，以及機甲兵器的戰鬥方式。

這三年來老人全數死盡，收容所裡終於只剩下孩童，現在八六只要年齡來到十歲出頭就會被徵召入伍。神父認為如果無可避免，至少應該讓辛多學一點在戰場上求生的方式，而辛也如此希望。要是死了，就不能向哥哥賠罪。雖然正是哥哥叫他去死，但至少也得等賠過罪再說。

「……好的。」

「本來也想招待外面那些孩子的……沒辦法，他們好像都討厭我。那就我們倆把牠吃完吧，不要浪費了一條生命。」

看到神父一面苦笑一面半開玩笑地聳聳肩，辛別開目光。

「……對不起，是因為我待在這裡吧。」

他猜想，神父其實應該很想教育強制收容所的所有孩子們這些知識或技術，而不只是教他一個人。

教育他們足夠的知識，讓他們理解自己受到的對待；教他們如何挺身面對困境，如何讓這件事流傳後世，以及即使被送上戰場也有辦法存活下來。

但實際上，他卻辦不到。

是辛的存在妨礙了他。被八六視為挑起戰爭的帝國後裔、造成這個艱困現況的可恨敵人，因此遭受本來應該是同胞的八六施以無情迫害，繼承了帝國貴種之血的辛妨礙了他。

辛到目前為止沒出事，是因為受到神父的庇護。

不光是白系種加上退伍軍人的頭銜，神父之所以在這收容所受人畏懼，是因為他那幾乎與灰熊無異的精悍巨軀。沒有八六敢對他的教會「地盤」出手，更別說現在收容所裡只剩下孩子，年紀最大也不過十歲出頭。

即使如此，一旦把他們請進教會，待在同一個園地，難保他們不會在神父不注意的時候對辛做些什麼。所以本來應該門戶大開的教會，神父已經把大門深鎖多年，就為了保護辛這個他收養的最後一個孩子。

神父微微偏過頭。

「你變得越來越愛道歉了，為了錯不在你的各種事情。」

像是要把那些當成自己的罪過。

「我不是說了？是我被他們討厭。而我不能把討厭我、怕我、躲著我的孩子拖到餐桌旁，也不能強迫他們讀書。逼迫別人接受別人不要的東西也是一種暴力，所以我無法為他們做任何事。就只是這樣而已。」

「…………」

「還有……真正令你介意的，應該是雷吧。我以前也說過，那不是你的錯，你沒有做錯任何事。對於那時候發生的事情——你沒有任何罪過。」

那是雷一個人的罪過。

辛悄然低頭——後來他明白神父只會回答這些，說那些話只會讓神父為難，於是決定再也不問神父自己做錯了什麼。

神父大人。

這些……都不是我要的答案。

†

「——嗯。抱歉，長官閣下在找我，晚點我們再談吧。」

愛麗絲說完快步離開餐廳，辛一個人吃剩下的合成糧食。

可能因為身為戰隊長的愛麗絲對大家一視同仁，這個戰隊沒有人拿濃厚的帝國貴種血統為由排擠辛，所以愛麗絲一離開，辛就落單，是因為辛自己躲著別人。

分明是同一個戰隊的同袍，他卻害怕那些年紀較大的處理終端。

害怕比他們年紀更大的整備組員。

那會讓他想起曾經跟他們年紀相仿的哥哥，那雙手，那個嗓音，那種眼神……讓他無法不害怕。

「——諾贊。」

其中最讓辛害怕相處的葛倫冷不防地出聲叫他，讓他稍微抖了一下。雖然對葛倫不好意思，但他有著跟哥哥相同的紅髮，以及必須低頭看辛的身高。

然而葛倫似乎看出了他的恐懼，忽然當場蹲了下來。看到辛由於壓迫感減少而呼一口氣，他用真摯的碧眼看著辛說：

「諾贊，拜託你，盡量讓自己活下來。」

被他這麼說，辛眨了眨眼睛。

愛麗絲才剛跟他說過類似的話——自己看起來有那麼急著尋死嗎？

「這……我也並不想死。我還不能死，所以不會自尋死路。」

「就是這份志氣。你要憑著這份志氣盡量活久一點，不要丟下愛麗絲先走。」

「…………？」

這是什麼意思？

「愛麗絲是代號者，是在這戰場上活了好幾年的老兵——也就是說，每一個同袍都丟下她先走一步。」

「啊。」辛睜大雙眼。

八六每年有十幾萬人入伍，但能活過一年的人數不到千人。在這種戰場上浴血奮戰多年，就表示送走了幾乎所有曾經並肩作戰的同袍。

「我看你似乎很有天分，有著所謂的戰鬥到底、死裡逃生的天分。既然你有這種天分，我只求你別丟下愛麗絲一個人。」

葛倫邊說，眼睛邊朝向覆蓋辛脖子的領巾。碧眼帶著悼念之意，像是緬懷某個早已撒手人寰的人。

「你如果死了，那傢伙大概會特別受傷。所以你……得活下去，就算是為了她吧。」

被他這麼說，辛無意識地揪住領巾。

辛想起剛才愛麗絲將這條領巾轉送給他時的狀況。

伴隨著突如其來的輕柔觸感，愛麗絲伸手繞過辛的頭部兩側，像是要將他摟向自己。突然受到遮蔽的視野與少女特有的甜蜜體香，令辛霎時無法動彈。當她鬆手時，辛發現脖子繫上了原本綁在她身上的天空色領巾，眨了一下眼睛。看到他帶有疑問的眼神，愛麗絲笑道：

「你不希望它引人側目，根本不想讓人看見對吧？你不希望那人被譴責——不，是你不想責怪那個人。」

她在笑。

對辛的過去與懷抱的心情一無所知，卻帶著某種坦蕩灑脫的態度。

「你心裡很想保護那個人——對吧？」

這句話讓辛像是被電到般抬起了視線。

這正是他心中某處期盼已久的一句話。

希望有人能同意辛的想法——能准許他這麼做。

准許他對於哥哥的事……

不用去責怪。

不用去憎恨。

即使遭到怪罪、幾乎遭到殺害，留下無法消除的傷痕——即使如此……

你還是可以繼續將哥哥視為珍愛的家人。

他感覺愛麗絲……似乎給予了他肯定。

辛揪住彷彿仍留有她一絲體溫的領巾，心想：

當時，她的確幫助了自己——給了自己一份救贖。

同樣地，如果自己也能成為別人的救贖，即使只有分毫也好……

——拜託你，盡量讓自己活下來。

「是……我會的。」

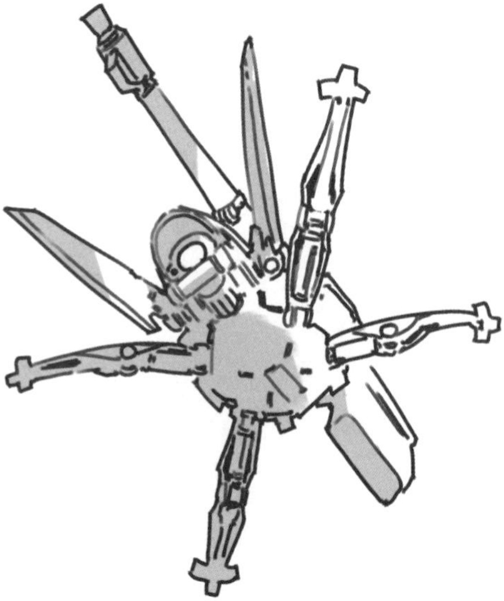

CHAPTER

[EIGHTY SIX]

These fragments turned the boy
into the Grim Reaper.

The dead aren't in the field.
But they died there.

07

FRAGMENTAL NEOTENY

檢傷分類黑卡的平凡日常

The number is the land which isn't
admitted in the country.
And they're also boys and girls
from the land.

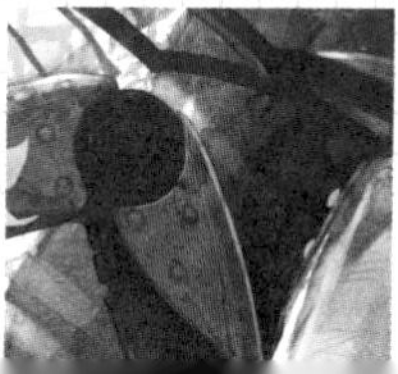

「——菲多，沒關係，把它扯掉。」

辛一手撐在拋錨的「破壞神」被壓爛的座艙罩上，從裝甲變形空出的細縫窺視駕駛艙內部之後這麼說。看來裡面的同袍已經回天乏術了。

庫丘（註：原譯「九條」）待在自己受命待機的「破壞神」裡，看到光學螢幕的影像就明白了這一點。

真要說起來，一旦側腹部被突擊的近距獵兵型撞個正著，以「破壞神」來說，裡面的處理終端絕對別想活命。

共和國引以為傲的拙劣機體「破壞神」令人難以相信的是，駕駛艙周邊的框架竟然接合得不夠緊密，一遭受攻擊有時就會導致軀幹部位上下分家，當然是連同裡面的處理終端一起。來到這戰場之後，很快就會看習慣同袍上半身被裂開飛走的框架拔斷，慘不忍睹的屍體。

被命名為菲多的舊型「清道夫」運用噴槍與起重吊臂拆開座艙罩，辛彎身探向暴露在外的駕駛艙。被菲多的巨大身軀擋住，其他處理終端看不見駕駛艙內部。

雖說「軍團」本隊已經撤退，但戰鬥才剛結束，說不定還有腳程較慢的自走地雷——機身內藏高性能炸藥與指向性破片，醜不啦嘰的人形自爆兵器——留在附近，這時候離開駕駛艙對處理終端來說無異於自殺，然而辛顯得毫無戒心。一手拎著的自動手槍想必也不是為了自衛而攜帶。

辛朝頹然躺臥的「某種東西」伸出手，碰了碰。但看他站直身子時仍然沒有舉起手槍的動作，庫丘喟嘆地閉起眼睛。已經沒有呼吸了，沒有必要幫她解脫。

「算她運氣好」。不同於與生命維持功能直接相關的中樞神經系統與循環系統——頭部或胸部，腹部的損傷即使是致命傷也無法迅速死亡，運氣背的時候甚至可能痛苦好幾天都死不了。她運氣真好。

反正都得死，能死得輕鬆點當然最好。

檢傷分類卡（Triage tag）：黑區（Black）——一息尚存但遲早會死，不須治療的瀕臨戰死者。早在被扔進戰場前就全被列入這一類的八六，對這點有共識。

話雖如此，那傢伙終究沒好命到不用感覺到身體遭受致命性破壞的痛楚與自己死亡的瞬間就逝去。

——誰來……救救我。

知覺同步捕捉到的不知對誰發出的微弱聲音重回耳朵深處。庫丘沒能救她，沒能保護她。當時正在戰鬥，庫丘就連待在那個早在分發到這先鋒戰隊之前就已並肩作戰多年並一同活下來，像他妹妹一樣的戰友身邊，送她最後一程都辦不到。

對不起，米娜。最後沒能為妳做點什麼。

庫丘向神祈禱她死後能獲得最起碼的安息，畫了十字。部隊裡除了他之外，沒人會做這種祈禱的動作。八六長期暴露在無處可逃的蠻橫對待與苦難之中，不會去信那些什麼都不肯拯救的神。更何況統領這個戰隊的是個無頭死神——司掌對處理終端來說是令人忌諱的結局，也是唯一絕對安息的「死亡」。

米娜如此，分發到這個戰隊後第一個死的馬修也是……還有當我陣亡時，帶我們前往安息之地的，也絕不會是連存在都令人懷疑的老天爺。

在光學螢幕上，他們的戰隊長讓機械食腐者隨侍左右，站在同袍的遺體與四腳蜘蛛的屍骸旁邊，一如他的綽號，彷彿恐怖不祥卻又令人仰慕的美麗死神。

話雖如此，每天邊想著怎麼死邊過日子也太蠢了。

『距離退伍還有一三二日！願那該死的光榮歸於先鋒戰隊！』

「寫好了。」

今天照常改寫機庫深處那個每日更新、色彩繽紛的倒數計時，庫丘拍掉手掌沾到的粉筆屑。南方黑種特有的黑皮膚、頭髮與眼睛，在共和國內已經屬於少數族群的八六當中更是少見。個頭高大結實，緊緊綁起的三條辮子尾端垂落在脖子附近。

不管是無法改變的困境還是命運，統統一笑置之盡情享受人生，是一個人對迫害行為能做的最大也是最棒的抵抗。

走進隊舍餐廳時，早餐已經準備得差不多了，安琪在吧檯後面的廚房用木杓攪拌大鍋子，萊登用鈍器般的平底鍋一次處理好幾人份的歐姆蛋。賽歐與可蕾娜把餐具整齊放在吧檯上，凱耶在餵飯給之前戴亞撿來的小貓。其他隊員與整備組員也都坐在桌邊各自聊天，辛一如平常地與這些喧鬧聲稍微保持距離，在最後面的座位看書。

無意間，遙遠昔日的記憶閃過腦海，庫丘瞇起了眼睛。

小時候每天早上，自己家裡的客廳也是像這樣，母親在廚房裡忙家事，弟弟妹妹們在周圍與餐桌邊又笑又鬧，父親坐在更後面的沙發看報紙——

那是強制收容前，一去不返的回憶。

如今，他們都已經不在了。

還有如果把辛說成爸爸或是把萊登比喻成媽媽，會遭到咖啡裡加入大量砂糖之類的無聊報復，所以他不會說出口。附帶一提，以前一再拿這件事取笑他們的奇諾就實際被報復過。

安琪摘下包起長髮的三角巾，從吧檯探身出來說：

「煮好了，大家來端吧。還有，庫丘你得先去洗手，粉筆屑只用拍的拍不乾淨。」

「啊，對喔。」

大家乒乒乓乓地從座位站起來（地板安裝得太差，很多邊角都翹起來了），庫丘暫時離開餐廳去洗手。

回來時已經有人幫他把飯端過來了。「謝啦。」他對旁邊的人說完後就座。

早餐是熱過的罐頭麵包、兔肉濃湯與蔬菜歐姆蛋附上柳橙與莓果當甜點，替代咖啡是用蒲公英做的，每種食物都是從棄守的都市廢墟找來、採自附近森林，或是在隊舍後面栽種的植物。弄不到手的東西當然上不了餐桌，所以菜色算是比較簡單，但對習慣了生產工廠難吃的……不如說沒味道的合成糧食的他們來說，已經夠豐盛了。

然而庫丘看到餐桌邊緣還有個準備了早餐的空位，不禁眨眨眼睛。

周圍的同袍注意到他的視線，往那邊瞄了一眼。這個動作傳染給餐廳裡的所有人，然後恐怕大家都同時注意到了。

那是昨天陣亡的米娜的座位。

霎時間，沉重的死寂降臨餐廳。

面對同袍之死，對處理終端而言是日常生活的一部分，所以對死亡很快就能看開。大抵來說，那個同袍陣亡的當天晚上嚴肅哀悼後，隔天就會恢復成平常的自己。至少表面上裝得出來。

但是在這戰場上充斥著太多死亡，太過理所當然，卻總是手段惡毒——所以時不時會像這樣，攻其不備般逼他們想起那種無窮無盡的失落感，像這樣逼他們面對平常是勉強遺忘才笑得出來，自己能夠預期的淒慘未來。

沉鬱的寂靜支配著在早晨陽光照射下，原本滿室食物香味令人心情舒適的餐廳。

庫丘握緊了雙手。

笑不出來就輸了，不能樂在其中就輸了。

Ersatz kaffee

他們一旦絕望，就等於對把他們丟進這種戰場的白豬們認輸投降。他才不要認輸。

「我說啊！三天後的滿月那天，不如來『賞月』怎麼樣！」

——你知道嗎，庫丘？月亮上有兔子喔。

——好想去看看喔，去月亮上看看。

庫丘突然大聲說出這種沒頭沒腦的話，讓同袍們驚訝地轉頭看他。

庫丘不在意，急著繼續說：

「就是大陸東部的一種祭典，我們來試試吧。感覺應該就跟上次的『賞花』差不多吧？對不對，凱耶！」

忽然被問到的凱耶急忙點頭，極東黑種特有的烏黑馬尾配合著動作上下彈跳。

「啊！對啊，大概吧。我也不太清楚，但應該差不多。」

「聽說是看月亮喝酒玩個痛快！雖然我們不能喝酒！」

不只庫丘，處理終端都是滴酒不沾。因為喝醉了就不能戰鬥。他們的自尊心不允許他們在無法戰鬥的狀態下遭到「軍團」襲擊，無力抵抗，白白被殺。

萊登似乎聽出他提議的意思了，咧嘴一笑。

「好啊，挺不錯的。反正大家都很閒，可以趁機轉換一下心情。」

戰隊副長也同意了。往旁偷瞄一眼，基地最年長的整備班長也在苦笑，其他隊員與整備組員的反應也不錯。

於是庫丘轉頭望向必須尋求最終許可的戰隊長——就他一個人，即使米娜不在了也顯得毫無所感，淡然看書的辛。

「怎麼樣，可以吧，辛！」

「……」

辛的反應如果是不作聲，就是同意、否定或是不感興趣所以沒在聽，而且大多都是第三個。因此他試著再問一遍：

「三天後滿月那天，我想跟大家一起『賞月』！可以吧！」

「我聽見了。可以啊。」

那第一次問你時幹嘛不回答？不過現在已經沒人會這樣吐槽了。

辛啪一聲合起正在看的文庫本，血紅雙眸朝向庫丘。封面書名寫著《第二終結者》，是一本有年代的科幻小說。辛與其說是愛書人，不如說是濫讀者，可以說有什麼看什麼。上次在看極東女性詩人的反戰詩，更之前則是某個藥物成癮的獨裁者寫的政治宣傳書。

跟他認識多年的萊登的說法是：「閱讀品味好得沒話說。」老實講，庫丘也這麼覺得。

但庫丘也能隱約察覺到辛不得不如此的理由，因此對這個比他小了三歲的少年堪稱無禮的態度無法產生反感。

大概是因為不找點東西來讀，不想點事情——不把心思放在其他事情上，就太難熬了。

「不過，我怎麼記得那是秋天的活動？需要的東西都弄不到喔。」

「那無所謂啦。反正我只是想找藉口熱鬧一下，根本也不知道要怎麼做。」

辛——以他來說很罕見地——露出了帶點反感的神情。

「……所以賞花的時候才會變成以水代酒，互斟對飲？」

凱耶愣愣地偏著頭。

「對耶，你那時候也一副怪表情。以水代酒有什麼不對嗎？」

那時想說不能喝酒就喝個氣氛也好，還特地從廢墟的百貨公司找來了看似很高級的礦泉水瓶與極東的酒器——酒盃來用。

辛顯得有些疲倦地嘆了口氣。

「……沒什麼。」

三天後。

來了一場暴風雨。

「可惡啊……！月亮你這個笨蛋，暴風雨你這個笨蛋……！」

「下個月再辦就好啦。是說，那明明就只是一時興起想到的活動，不要這樣整個人陷入低潮啦，很煩耶。」

看到庫丘趴在餐廳桌上假裝嚎啕大哭，坐他對面托著臉頰的賽歐說這種話，不知要算安慰還是落井下石。

「酒保，再來一杯。」

「倒在你頭上怎麼樣？」

賽歐一邊說一邊真的抓住水杯，於是庫丘坐直了身子不再開玩笑。賽歐雖然是個臉蛋可愛的美少年，但講話滿嗆的，而且不是很有耐心。

庫丘就這麼把雙手交疊在後腦杓，靠到椅背上，讓它發出嘰的一聲。

「啊──該死。雖說是一時興起沒錯，我還滿期待的耶。」

重回腦海的是……

──你知道嗎，庫丘？聽說月亮上有兔子喔。東方國家都是這麼說的。

──好想去看看喔，去月亮上看看。

──還是說，從這裡也看得見？滿月都很明亮，說不定可以看到一次。

剛認識的時候這樣告訴他，天真無邪地笑著的米娜。

那傢伙結果一直沒能找到月亮上的兔子，所以庫丘希望自己至少能幫她找找，誰知道……

「大家都跟你一樣啊。反正不管有沒有颱風，今天都不行啦。」

賽歐用視線示意機庫的方向。晚餐後的這個時段，平常應該是整備組員的自由時間，唯獨今天仍然傳出整備機械的噪音。

脆弱的「破壞神」戰鬥損耗向來激烈，更換用的零件也常見底。其中由共和國內空運過來的補給物資預定今天抵達基地，卻因為機師宿醉，大幅拖延了運輸機的抵達時間。當然原本等著那些零件的整備作業也得往後延，組員只好趁工作空檔急忙吃完晚飯後繼續做事，一直忙到現在。

送咖啡過去讓他們稍事休息的戴亞回來了，拉開賽歐身旁的椅子坐下。

「他們說總算快要弄好了，可以在熄燈之前趕完。」

庫丘從鼻子呼一口氣。整備組員有整備組員的志氣與自尊，他們負責照顧處理終端寄託性命的「破壞神」，為了確保機體狀態萬無一失，平時他們是絕不會讓沒有專業整備技能的處理終端本人亂動機體……

「要是能幫點什麼忙就好了。」

「辛去問過，但他們說不用了。叫我們這些小鬼別這麼愛操心，還說不好意思，對我們造成不便。」

只有八六駐守——名義上沒有人類的前線基地，只能得到維持基地功能所需的最少電力供給。現在幾乎所有電力都用來讓整備機材運轉，隊舍只能使用少之又少的電力。包括平常這個時間會待在其他地方的賽歐與戴亞等人，所有隊員都待在餐廳裡就是因為這樣，沒有多餘電力供應其他房間。

然而看到比平時多一倍的人數與六名女生隊員的嬉笑聲讓餐廳比以往熱鬧多了，庫丘不禁笑逐顏開。庫丘只去學校念過幾年書，但猜想所謂校外教學的夜晚大概就是這種感覺吧。就是一種非日常的氣氛讓大家心情飛揚又能各自放鬆，愛做什麼就做什麼的時間。回到餐廳的辛走到他固定休息的後面座位，打開看到一半的精裝書；小貓似乎被初次遭遇的暴風雨嚇到了，匆匆跳到他身上，抓住野戰服的前襟不放。

庫丘好奇地試著問道：

「這次看的是什麼？」

「《迷霧驚魂》。」

一部故事舞台採用暴風雨山莊（Closed circle）模式，出於恐怖小說大師之手的作品。

而這座基地此時此刻正受到暴風雨、「軍團」與白豬的反人員地雷包圍，形成絕佳的封閉狀態。

「……喔——嗯……可惜是暴風雨，不是迷霧……」

轟的一聲，強烈風暴吹襲而來。豈止玻璃窗，感覺整棟隊舍都在搖晃擠壓。

凱耶與可蕾娜都嚇得身子一抖，就連辛也不禁從書中抬起頭來。

強風呼呼吼叫著搖晃了隊舍一段時間，最後勁頭總算稍微減緩，但不吉利的低吼與冬天才該有的凜冽寒風仍然呼嘯不止，撞在隊舍上的大顆雨點發出彷彿具有物理性破壞力的堅硬聲響。

「…………」

為什麼遇到這種情況，大家都會忍不住安靜地抬頭看天花板？

「……對了，這裡的隊舍都不會漏雨耶。」

正如可蕾娜所說，各前線基地的破爛軍營隊舍總是嚴重漏雨。

「那當然嘍，好歹也是最重要據點的基地嘛。」

聽到萊登如此回答，庫丘誇張地擺出苦澀的表情。

「雖然萊登你這麼說，其他基地明明也算是重要據點，又哪一個不漏雨了？我以前待的那裡甚至還排水堵塞，搞得基地全體人員出動，用水桶接力倒水咧。」

「噢……」

所有人（嚴格來說，除了沒在聽的辛以外）全都一臉厭煩，看來是各自都有過類似的經驗。

「的確，都快跟水桶變成好朋友了！還有榔頭、多餘的木板跟釘子。」

「下雨是很困擾，但還是下雪比較糟糕。大概在兩年前吧，我們還被困在大雪裡……」

「可是那時候辛開玩笑叫菲多去鏟雪，結果它不是真的幫我們鏟了？」

「最討厭的還是漏風啦……我之前待的基地就是那樣，差點把大家凍死，偏偏正好是冬天，結果大家輪流感冒病倒。」

「對啊，有的基地真的會那樣。像我以前那個基地，冰雹把機庫的屋頂打穿……」

大家七嘴八舌分享自己的「前線基地常見現象（天氣篇）」，這時突然傳出嚇人的啪茲一聲，電燈熄滅了。

所有人頓時閉起嘴巴，沉默與黑暗支配著餐廳。

賽歐抬頭看著熄滅的電燈說：

「……咦，停電？」

「最好是啦。電纜在地下耶，怎麼可能颳個風就被吹斷？」

「會不會是共和國滅亡了啊！」

「……不是，我跟妳說，可蕾娜，妳別在那裡高興，他們滅亡的話，我們也會被拖下水。」

戴亞嘴上這麼說，卻也顯得樂在其中。處理終端自幼就被關進強制收容所，每天被迫過著除了戰鬥還是戰鬥，要說枯燥也算枯燥的生活，渴望發生任何特殊事件。強烈暴風雨也好，停電也好，光是很少發生對他們而言就是令心情興奮雀躍的一大特殊事件了。

大家瞎猜是鬧鬼、新型「軍團」來襲或是外星人入侵，又吱吱喳喳地依此類推了一堆可能性當好玩時，一股沉靜的氣息忽然一聲不響地站起來走出去，接著電燈突然又亮了起來。

「哦。」

「啊。」

眾人之間到處發出既像安心又像感到遺憾的聲音，一會兒後，辛一聲不響地走了回來。

「斷路器跳電。」

「什麼嘛，真沒意……」

話才說到一半，爆出好大的「啪茲！」一聲，電燈又滅了。

「…………」

所有人不約而同陷入沉默，仰望熄滅的電燈。這次就連辛也沒動作了。

被丟在餐廳角落的資訊裝置突然啟動，伴隨著畫面顯示的「語音通訊（Sound only）」，一道神經兮兮的年輕男性嗓音說了：

『管制一號呼叫先鋒戰隊。立刻停止浪費電力，這樣我無法維修醫療裝置。』

是鐵幕對面，待在共和國八十五區內國軍本部的指揮管制官的聲音。與誇大其辭的軍銜以及自尊自大的態度正好相反，不過就是個家畜的看管人，空有頭銜派不上用場的指揮官罷了。

庫丘皺起臉心想：斷路器跳電原來是他搞出來的。

醫療裝置是配置於各前線基地代替軍醫的醫療機械，能夠自動判定傷病的種類與程度，進行適當治療。白豬們稱之為劃時代的戰場醫療系統。

只不過檢傷分類（Triage）標準像是請瘋子做的設定，只會治療程度輕微、經過醫護後立刻就能重返戰線的傷勢。必須暫時臥病在床的重傷，即使經過療傷一定可以救活也會判定為「存活無望」，見死不救。設定中露骨地顯示出共和國的價值觀，就是不想把飼料浪費在無法充當戰力的處理終端身上。

當然處理終端都將它當成沒用的冷血機器，嫌棄得要命。

辛嘆氣之後開口了。與指揮管制官的聯絡工作，基本上是由他這位戰隊長負責。

「管制一號，白天補給延遲使得『破壞神』整備作業尚未完成。緊急性較低的醫療裝置維修排程請擇日再進行。」

『關我什麼事？動作快。維修排程沒結束，我就不能下班。』

所有人都故意嘆氣給他聽。把根本廢物一台的醫療裝置維修優先順序擺在「破壞神」的整備前面還得了，更別說指揮管制官要不要加班更是一點都不重要。

『我聽見了，你們這群豬。懂不懂得對長官的禮貌啊。』

對於一個以為豬講話還懂禮貌的白痴，本來就不需要付出半點敬意。

被所有人不予理會，指揮管制官煩躁地嘆氣說：

『一群沒禮貌的有色人種……好吧，也罷。反正這是我最後一次應付你們這些八六了。』

「喔。」辛發出毫不關心的聲音。

「說到這個，聽說您要退伍了。您似乎是因為找不到工作才會從軍，這麼說來是找到下一個職場了？」

指揮管制官嚇了一跳，閉上嘴巴。

『……你聽誰說的？』

所有人心想：「是你喝個爛醉時自己說出來的。」但沒人好心回答他。

指揮管制官的聲調變得像是心裡發毛。

『受不了，你這「死神」真讓人大意不得……令人厭惡的死靈附身的怪物。』

可蕾娜不高興地皺起眉頭，賽歐冷冰冰地瞇起了眼睛，然而當事人顯得毫不介懷。

結果還是指揮管制官耐不住沉默。

『……怎麼，像你這種活得沒尊嚴的家畜，也會想知道下一個指揮管制官（主人）是誰嗎？』

「沒有。」

辛斷然否定，但指揮管制官根本沒在聽。

不知為何，他自鳴得意地繼續說了：

『聽說本人還沒接到消息就是了。是個大小姐，貴族出身，說是跳級從大學畢業的菁英人士。哼，這種不諳世事的大小姐做不了什麼像樣的指揮啦，最多也就是讓你們白白送死吧……這是你們八六應有的下場，你們活該。』

「…………」

看到辛一言不發，庫丘心想他不說話一定是因為打從心底不在乎。處理終端不會信任指揮管制官，也不會有所指望，在不在都差不多……不在更好，省得聽他們亂吼亂叫。所以，他們不在乎。

覺得這種想法很空虛的感性思維，大概也早在八萬年前就拋開了。

最後辛徹底忽視那位後任大小姐的話題，回到正題：

「既然都要申請退伍了，還在乎什麼排程，想回家就回家不就得了？」

口氣聽起來根本就是在叫他快滾。

『少說蠢話了，違反命令會降低我的考績。你們才剛讓一隻家畜白白送死給我找麻煩，現在還要——』

辛惡狠狠地嘖了一聲。指揮管制官顯然被他嚇了一跳。

『總、總之這是命令。不能中斷機庫作業的話，至少把隊舍電燈關掉，懂了沒有？你們的任務是代替共和國國民戰死，不是晚上玩到忘記時間。』

話一說完，指揮管制官就逃也似的關閉通訊。包括辛在內，所有人再度大嘆一口氣。

照白痴說的去做會讓人一肚子火，但也不能讓他們賴以維生的「破壞神」整備工作延後。於是大家終於把餐廳的電燈也關了，吊起一把從棄守的軍事基地拿來的化學螢光棒（Light stick）。一片黑暗中竟然也能醞釀出找樂子的氣氛，只能說他們處理終端真是天不怕地不怕。

把整備噪音、彷彿傾倒碎石般的雨聲與幾乎像是女人尖叫的強風呼嘯撇一邊，他們故意摸黑玩把木片堆成小塔，再抽出來往上堆的遊戲、講鬼故事炒熱氣氛，或是拿些看不見標籤的長期保存罐裝飲料亂調一通，讓大家輪流喝。辛似乎也沒打算在這麼暗的燈光下看書，便陪萊登下起了西洋棋。

「……不過竟然是女的指揮管制官，還真稀奇。」

萊登一手拿著皇后靈活地轉來轉去，思考下一步棋，無意間說了。

共和國標榜自己是國民一律平等的先進國家，軍方卻一仍舊貫地屬於父權社會。再加上軍隊明顯成了收容失業人口的職場，照理來講應該不是年輕女性，而且還是大學畢業的良家女子需要特地加入的組織。

「而且還說是大小姐呢。我這輩子還沒見過那種人耶。」

戴亞邊嗆到邊喝下在陰暗燈光下一看就知道喝不得的五顏六色混合液，打趣地說。他把玻璃杯拿給臉色有點糟的悠人，接著說：

「不知道會是什麼樣的人，我猜一定是個大美女！而且是公主殿下！」

同袍們都聽出他的語氣擺明了在開玩笑，於是跟著起鬨。

「這還用說嗎……當然是個美若天仙的豬玀公主了。」

「而且是波霸，畢竟是豬嘛。」

「當然嘍，因為是白豬嘛。」

「像這樣嗎？」擅長畫畫的賽歐在素描簿上隨手畫了個東西讓同袍傳閱，大家看了一個個爆笑起來。庫丘拿過來一看也哈哈大笑。一隻穿著滿滿荷葉邊的禮服，打扮得花枝招展，一頭公主捲的白色小豬故作高雅地對他拋了個媚眼。

「嗚哇——感覺背後好像會開粉紅色玫瑰花。」

「我一看就知道了，一定是語尾愛加個『的』，然後都自稱『小女子』，錯不了。」

「那打招呼就會說『祝順心』，答應別人時就是『甚好』吧……我看就算是辛，碰上這種的三天就會發飆了。」

「換成賽歐的話，當天就爆氣了。」

「屁啦，悠人，一聽她開口就爆發了啦。」

「不不不，很難說吧。搞不好是個沒拿過比繡花針更重的東西，體弱多病足不出戶的千金小姐喔。」

「一碰到風吹日曬雨打就要死翹翹了這樣。」

「這樣還能當軍人喔？」

「而且懦弱膽小，講話嘀嘀咕咕超小聲的沒自信？……這樣反而更煩耶。」

「諸位，鎮定，冷靜下來。一定只是想送走嫁不出去的醜女兒啦，想也知道。」

「最好是，一定是女神啦，女神降臨。為了大慈大悲拯救我們這些可憐的八六，女神化作凡人降臨汙穢的人世間……這才是下一位指揮管制官的正身啦。」

就在同袍們拿新任指揮管制官當成聯想遊戲的即興題目，口無遮攔互相說笑時……忽然間，庫丘瞇起了眼睛。

「……要我來說啊——」

就算不是女神，不是溫柔的小公主。

「只希望她人還不賴。」

即使只是這點程度的美夢，至少能夢想一小段時間也好。

如果連這點程度的安慰都沒有，都已經失去想保護的人了，這種荒謬的戰場，誰待得下去？

他視線轉去一看，一手拿著素描簿苦笑的辛聳了聳肩。以處理終端的觀點來說，善良的指揮管制官往往與無能畫上等號。不如說，如果只是無能還好，那種把平時的倫理觀念搬到戰場上的

「善心人士」，從只會平白增加死傷這點來說更是害人不淺。

處理終端一致認為，最好的指揮管制官就是什麼事情都丟給現場處理，怠忽職守的白痴。

「唔……」庫丘抿起嘴巴。這樣想是沒錯，但也不是每次都能這樣看開——

辛散發的氛圍忽地變得冰冷。

他就像聽見呼喚聲的獵犬般震了一下，抬起頭來，視線隨之拋向遙遠東方——「軍團」支配區域的方位。

所有人都知道這代表什麼意思，屏氣凝神，靜觀其變。一會兒後，看到那冷靜透徹的殷紅雙眸略增銳利，萊登瞇細了眼睛。

「……要出擊嗎？」

「對。只靠第二戰隊以下的傢伙應付不了那個數量。」

夜間戰鬥原則來說歸同屬第一戰區的第二到第四戰隊管轄，但當他們提出救援請求時，第一戰隊先鋒戰隊也必須出擊。

只是由於戰隊之間禁止直接進行聯絡，救援請求必須透過指揮管制官轉達。在指揮管制官下班回家的夜間時段，特別容易造成致命性的延遲。

賽歐把素描簿往桌上一摔，站起來。從分發至先鋒戰隊前就在辛的指揮下戰鬥至今的幾個人早已「習以為常」，因此反應很快。

「我去通知整備班。還剩多少時間？」

「最多三小時。一做好準備就出擊，不用等他們求援。」

「知道了。」

賽歐像隻具有夜視能力的貓，摸黑衝向機庫。辛沒多看他的背影一眼，環顧其餘隊員。二十雙回望著他的眼睛已然消除了所有笑意與私語，在緊張情緒與戰意中繃緊了神經。

「所有人趁現在各自小睡片刻。視狀況而定，有可能需要徹夜戰鬥，作戰開始後就別想休息了。」

「收到。」

然而，血紅雙眸卻不帶任何戰意與決心，而是一如往常淡定靜謐，讓庫丘忽地一陣發冷。

辛並不害怕。不怕與「軍團」展開戰力懸殊的戰鬥，不怕到最後同袍死亡——恐怕甚至不怕面對自己的死亡。

只是靜謐而冷漠透徹。

那種——異於常人的性情。

「在『破壞神』做好準備之前，我們無法動身。屆時想必已經有許多人員傷亡，但大家還是必須以掃蕩『軍團』為優先……不要天真地以為可以在戰場上救人。」

『——戰隊各員，由於各位的指揮管制官一時離席，由我代理聯絡各位。同一戰區的第四戰隊已提出救援請求，請前往救援。』

「收到，指揮管制官……謝謝妳的親切之舉。」

前往迎擊的友軍一如辛的預料，抵禦不了「軍團」大軍；成為作戰區域的棄守都市廢墟同樣一如辛的預料，遍地都是大量屍體、瓦礫與拋錨的「破壞神」殘骸。

蹂躪友軍的「軍團」部隊此時反而被先鋒部隊從側面急襲，隊伍變得七零八落，在廢墟都市各處遭到各個擊破。

庫丘的視線停留在名副其實地一馬當先，背負著無頭骷髏個人標誌的「破壞神」身上，須臾之間就這麼看得出神。「送葬者」——辛的座機。

好強悍。

強悍得教人害怕。獨一無二的戰鬥能力，憑著千錘百鍊的技術與直覺令整體性能凌駕「破壞神」的「軍團」無力招架。用專精近戰的「送葬者」擔任損耗率最高的前鋒（Pointman），讓任何一發敵彈、任何一刀敵刃都無法得逞，接連屠戮外型有如惡夢一場的機械魔物。那副身姿在雨水無法澆滅的搖動烈焰與黑暗夜色中，恍如某種神話當中的可怖怪物。

對，辛很強悍。

不只是說他擅長戰鬥，庫丘認為他在精神（內心）層面同樣如此。

辛不需要用歡笑抵抗困境，不需要用作夢來避免自己屈服於絕望。

分明比任何人都更接近死亡……卻不用像庫丘這樣強顏歡笑以免自己被死亡恐懼壓垮，不用硬撐掩飾自己的心情，不用拿同袍當心靈支柱，照樣能維持自己的樣貌。

就算身邊的所有人都先走一步離開辛，他一定也能獨自戰鬥到底。

庫丘並非完全不感到羨慕，但同時也覺得那樣太寂寞了。

因為那不是人類該有的生存方式，是冰刃的生存方式。只為了斬殺某些存在而被研磨削銳，達成目的後就直接折斷碎裂——就像除此之外，一無所有的一把劍。

那種生命樣貌一定是孤獨寂寥至極。

所以至少，但願能有某種——或是某個人……什麼都好，只要是除了目的之外能讓他有所眷戀的事物——或某個人。

但願那樣的存在能夠出現——

庫丘知道這連白日夢都算不上，不過是個虛幻易逝的心願罷了。他們被困在這偏遠戰場上，只有新上任的指揮管制官會跟他們扯上關係，而且大多都是無藥可救的廢物。這片戰場上的所有人，如今已不可能得到任何人拯救。

啊啊，不過，剛才那傢伙還算不錯。

想起方才聽到的那個銀鈴般的少女嗓音，庫丘的嘴角透出微笑。某個戰隊的指揮管制官，明明不是歸自己管轄的戰隊，卻在他們即將出擊時通知他們收到救援請求。

由於沒有設定為同步對象而無法使用知覺同步，她接通基地的無線電，小隊長以上的人員都去參加作戰會議了，所以由庫丘做了回應。儘管對話內容只是事務性的聯絡，那聲調清澈溫柔的嗓音卻如實表露出說話者的善良與真誠。

如果能有那樣的一個人，或許……

裂帛般的嗓音打斷了他的思維。

『庫丘（天狼星），你在做什麼！停住不動會害死你的！』

「！抱歉，凱耶（櫻花）！」

遭到自己小隊上的小隊長凱耶斥責，庫丘急忙調轉機頭。機體底部的光學感應器影像斷斷續續地顯示在螢幕上——火海中的瓦礫、「破壞神」被打飛的腿部與座艙罩。疑似與「破壞神」兩敗俱傷的近距獵兵型，巨大的身軀在一旁起火燃燒——

聲波感應器捕捉到了微弱的聲音。

『——救我。』

庫丘倒抽一口氣，轉頭一看，在滂沱大雨與瘋狂舞動的暗紅烈焰隙縫間，確實有個穿著野戰服的移動人影往他這邊伸出手來。有人生還！逃出座機了！

米娜死去的模樣閃過腦海。他並未親眼看見那個戰友斷氣，所幸應該沒有受苦太久。但是這個處理終端如果置之不理，就會飽受折磨而死。而不同於庫丘無力拯救的米娜……他還能幫助這個人！

庫丘伸手抓住座艙罩的開閉桿。「破壞神」沒有能夠抓物的機械臂，想把那人拖出來，就只能自己動手。

一瞬間——不知為何，出擊前辛提出的警告閃過了腦海。

——不要天真地以為可以在戰場上救人。

他搖搖頭，拉動了控制桿。壓縮空氣外洩，座艙罩連同砲身一起往上掀開。傾盆大雨拍打著身體。

「——喂，你還好嗎！」

然後……

聽見重捶管制室門扉的一聲巨響，在指揮管制官共用的辦公室處理剩餘公務的少女指揮管制官吃驚地抬起頭來。

「媽的！怎麼會現在才這樣一個接一個……！害我的考績扣分……！」

少女啞然無言地目送如此唾罵的同袍忿忿走遠。職場好歹也算是公共場合，這種情緒化的言行舉止實在不恰當。

她對那神經質的細長側臉有印象，剛才他不在崗位上的時候，資訊裝置正好閃爍著請求救援的訊息視窗，於是她代替了那位指揮管制官聯絡戰隊。明明是勤務時間卻不知道去哪裡喝酒了，費了好大工夫才把他叫回來進行管制。

即使在指揮管制官之間也不能公開負責的戰區與戰隊，因此少女不知道他負責的是哪個戰區的哪個戰隊。只是就他剛才的反應來看……戰鬥的結果似乎不甚理想。

可是，他首先想到的卻是對自己考績的擔心與怨言。

看到這種名副其實地不把人當人看的場面，少女並不是不知道共和國國民與共和國的現況，但表情仍蒙上一層陰霾。剛才聯絡救援請求事宜時，她跟那陌生戰區防衛戰隊的處理終端講到了一點話。

那是似乎比她稍微年長的青年的嗓音，略顯哀愴，隱藏著渴望與人親近的聲調。

竟然認為這樣的他們不是人類——這怎麼說得過去？

少女——第九戰區第三戰隊指揮管制官芙拉蒂蕾娜·米利傑如此心想，為了在遙遠的某處戰場上壯烈捐軀卻得不到祖國哀悼的陌生人，悄悄闔眼獻上祈禱。

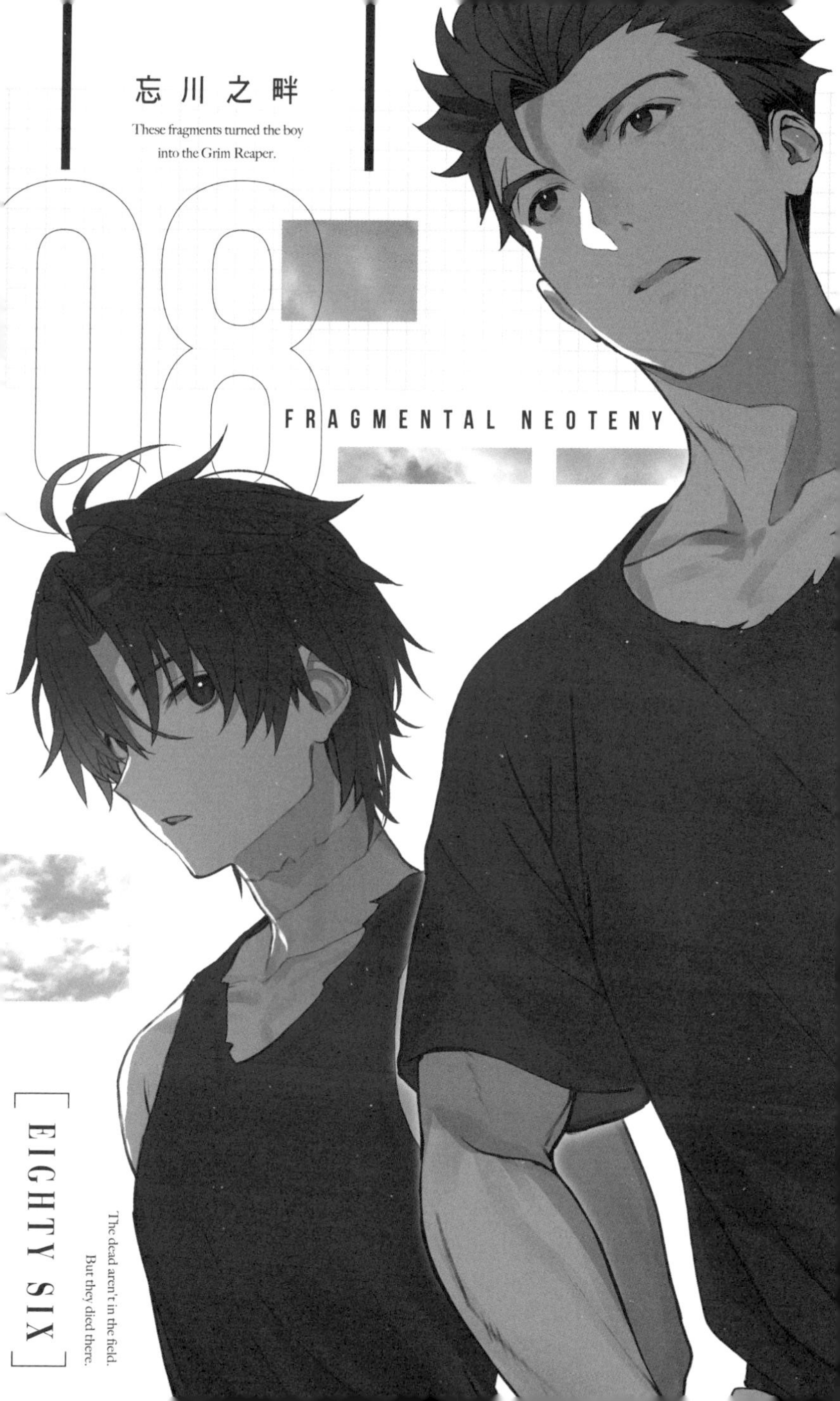
忘川之畔
These fragments turned the boy into the Grim Reaper.
08
FRAGMENTAL NEOTENY
EIGHTY SIX
The dead aren't in the field.
But they died there.

滔滔奔流的大河一片藍，河面寬闊得毫無必要。

具體來說，從萊登目前所在的岸邊到對岸，目測距離約莫數百公尺，剛剛好遠得讓人沒那興致嘗試游泳渡河。不過在這種已是深秋，氣溫驟降的時期，本來就沒人會想游什麼泳。

即使如此，假如先鋒戰隊的其他人還在世，悠人、戴亞或庫丘大概已經跳下水看看了吧——萊登如此心想，用鼻子哼了一聲。

他們出發進行特別偵察——刻意讓存活下來的八六陣亡的決死之行，到現在已經過了半月有餘。他們故意關掉了慣性導航系統顯示的定位資訊，因此也無從得知這裡離第一戰區的最後那座基地多遠。

因為好不容易才得到這場難得的自由之旅，他們不希望最後抱著「原來才走了這麼點路」的遺憾逝去。

「……用『破壞神』……應該過不去吧。」

「那還用說嗎？」

如同辛從旁做出的冷漠回應，「破壞神」沒有渡河能力。

畢竟是能撐幾年就不錯了的趕製品，幾乎等於用過即丟的特攻兵器。設計與組裝都只能說粗製濫造，即使關閉座艙罩，跟本體之間還是會留下一絲空隙。為了抵擋核生化（NBC）武器攻擊而理應保持氣密性的駕駛艙部分都能做成這樣了，其他部位的防水性可想而知。

想繼續前進，說到底只能過橋，然而橋梁自古以來就是軍事要衝。換言之，對於支配此地的「軍團」們而言，橋梁同樣也是重要的移動路徑。

他們三天前抵達這個河畔時，往東移動的「軍團」部隊正在通過附近的橋梁。渡河會導致部隊戰力分散至兩邊河岸，是極其危險的行動。當然附近一帶已經設下警戒用的偵察部隊，先鋒戰隊豈止無法靠近橋梁，連正常移動都不行，被迫找地方藏身。

倒楣的是抵達這裡的同一天又颳起了暴風雨，他們足足淋了三天的冷雨。所幸附近有個能遮風擋雨的地方，狀況也允許他們生火，否則特別偵察原本就已經將他們累壞，想必會有人因此病倒。

為了避開上漲的水位，他們潛藏在高台上一座被遺忘的老舊碉堡，從這裡可以看見大群「軍團」正在過橋。

濃黑厚重的蔽天雨雲造成整個白天不見陽光，再加上黑壓壓的傾盆暴雨。源源不絕地進軍淹沒整片河畔地帶，連綿不斷地渡過河川，消失在遙遠東方的鐵青色集團形成非現實的光景，像是一場惡夢——一場永不清醒的惡夢。這種前所未見的大型軍勢，規模恐怕相當於多個師團。

那麼龐大的數量，那些「軍團」輕易就能生產出來，送往戰地。

他們——就連向來臨危不亂的辛也不例外——全都啞口無言地注視著那場行軍，大概是覺得從中再次目睹了人類的未來吧。

這場戰爭，是人類輸了。

暴風雨在昨天深夜離去，「軍團」們的最後一個隊伍差不多也是在那時過了橋。「軍團」即使是最輕量的斥候型也超過十噸重，重戰車型更是重達一百噸以上，現在有幾萬架機體要過橋，自然得花上這麼長的時間。

就這樣天亮過後，今天天氣晴朗得好像到昨天為止的大雨是一場錯覺，原本數量那般龐大的「軍團」也走得一個不剩。

即使如此，他們仍然留在河岸的這一邊，是因為辛說先不要急著前進。他說安全起見，今天最好整天留在這裡觀察情形。

……萊登猜想他八成只是被大雨困住了三天不能動，現在好不容易可以自由行動，天氣又放晴了，不願意再被關進狹窄的「破壞神」駕駛艙一整天，但沒說出口。大家都跟他一樣被悶壞了，況且也不是需要趕路的旅程。

安琪說這種日子正適合洗衣服，幹勁十足地忙了一整個早上。現在太陽已經升上中天，穿舊了的沙漠迷彩野戰服與單薄的毛毯掛在當成臨時曬衣竿的菲多的起重吊臂與「破壞神」的砲身上飄動。

這片景象豈止傻氣，甚至有種莫名閒適的風情，讓人難以相信這裡是「軍團」的支配區域——對他們人類來說是必死之地。

萊登重新看看眼前鋪展開來的風景。

萬里無雲的碧藍天空亮得刺眼，高遠無垠而澄澈，彷彿連遙遠高空的星海與搖盪的黑暗都能望見。和緩的河流被藍天倒影染成琉璃色，在秋日的透明陽光下如水晶般璀璨。

整片視野，全是無邊無際的耀眼藍色。

一片脫離現實的奇幻光景。

看著這種沒有敵人但也沒有半個人類，純粹靜謐而美麗的光景——會讓他有種奇妙的感覺，好像今天就是世界末日。

「該怎麼說咧……看到這種風景，就覺得全世界好像只剩下我們幾個了。」

他一說完，辛稍微瞄了他一眼。

萊登沒回看他，繼續說下去。

記得有人說過藍色是大陸各地神話共通的天堂色彩，而無論哪個文化都認為亡魂必須先渡河才能前往死後世界——這話是那個老婆婆說的，還是辛說的？

「還是說，我們其實早就死光了，這裡是天堂的入口……什麼的？」

辛繼續側眼看著他，一副好像覺得很有趣的表情。

「……幹嘛啊？」

「『最後如果能看見流星雨，那也不賴』——你是這樣說的嗎？」

萊登喉嚨發出「咕」一聲。那是兩年多一點以前的事了，回想起來恍如隔世。當時戰場上只有他們倆活下來，萊登在那百年一度的流星之夜，不小心講出了這種感想。

辛用擺明了挖苦人的口氣接著說：

「想不到你還挺詩意的。」

「……要你管。」

他齜牙咧嘴地低吼後，辛小聲笑了起來。

萊登懷著少許意外的心情，看著辛無憂無慮地晃動肩膀偷笑的模樣。

自從那時候起……半個多月前，在第八十六區的最後一戰當中誅殺了哥哥之後，辛就變得很愛笑。

萊登感覺他的表情變得比以往柔和了些，變得常開玩笑，也開始會跟著大家閒扯淡。

像是卡在胸膛裡的疙瘩去除了，像是從背負的刑罰獲得解放。

想必是長達五年在戰場上尋找哥哥，最後終於能讓他安息，肩膀的重擔卸下了吧。

踏上初次獲得的自由旅程，或許也讓他有種海闊天空的心情。

最重要的是，這傢伙總算讓自己得到了些微的救贖。

他們這個死神願意帶著並肩作戰而先走一步的戰友，以及他們幾個最後這段旅程的旅伴，扛著他們每一個人的名字與心靈，步向他自己的生命盡頭。

本來最後倒斃於盡頭的他自己應該無法把心靈寄託給任何人——想不到最後的最後，這傢伙竟找到了值得託付的對象。找到一個人能讓他說「請不要忘了我」、「在我倒下之後，請妳繼續活下去」，留下自己的心願。

——我們先走一步了，少校。

能夠留下那句話，對這傢伙而言，想必是真正彌足珍貴的救贖吧。

辛晃動著肩膀笑過癮之後，接著聳了聳肩。

「不過我想，我們應該還沒死。死人只會直接消失，只會在黑暗底層慢慢融化……不會留下任何意志與意識。」

辛能夠聽見死不瞑目的亡靈之聲，看來似乎也能感覺出那個亡靈完全死去消失的瞬間。而且那種感覺不同於五感，好像是萊登沒有的一種感官，因此辛每次提到那種感覺時，萊登基本上都聽不太懂。

……黑暗底層？

總而言之……

「就像那些比我們早走的傢伙……是嗎？」

「是啊。」

就像辛帶著上路的，包括哥哥在內的五百七十六名戰死者。

只看過第八十六區戰場的他們每一個人，一定從沒看過這樣的景色。

話說，現在衣物洗過了正在晾，也不可能有衣服可以換，所以他們身上蓋著從附近民宅拿來的床單等等，其實看起來還滿遜的。

兩人都不想做太大的動作，於是隨便拿些樹枝、繩線與金屬片，現場做了根釣竿插在河灘，邊聊天邊熱中於釣魚。

其他同袍也都差不多是同一副模樣。安琪邊胡亂哼歌邊用可以染色的花染指甲當好玩；賽歐被這片風景勾起了創作欲，卻沒有任何東西可以作畫，兩手手指焦慮地開開合合；在絨毛乘風飛行的植物群生地，可蕾娜時而到處奔跑，時而滿地打滾。

飄飛的絨毛球形成反方向的雪，從地面降至藍天。辛看著這片景象說：

「聽說極東地區的神話當中，有種白兔會像那樣在草原上翻滾。」

「……是喔。」

萊登對這什麼神話絲毫不感興趣，不過……

「……你是看到了什麼，聯想到『白』兔啊。」

「…………」

在草原的另一端，遠遠可以看到白皙裸體披著鮮豔紝縫被，到處奔跑的可蕾娜摔了一大跤，讓那條紝縫被整塊掀了開來。

雖說正逢秋季，但毫無薄雲遮蔽的陽光仍有點炎熱，暴風雨剛走也留下了強風。早上洗好的野戰服等衣物，中午過後就完全乾了。

松葉茶與有點釣過頭，在火堆旁香氣四溢的戰果就是今天的午餐。潛伏過程中只能吃難以下嚥的合成糧食果腹，能吃到這些美味真是令人感動。

一隻可能沒看過人類的狐狸興味盎然地遠觀他們幾個。丟一條對人類來說只能塞牙縫的小魚給牠後，牠嗅了一會兒味道就銜起來踱步而去。

安琪帶著溫馨的笑容目送牠離去，並說：

「總算把衣服洗好了，再來要是有大鐵桶或類似的……總之能裝很多水的東西就更好了。」

突兀的一番話讓可蕾娜愣了愣，萊登等三個大男生陷入難以言喻的沉默。

他們明白安琪想做什麼，也很能體會她這麼說的心情。雖然可以體會……

「……我懂妳的意思，總之就是想燒熱水吧？」

「對！難得來到河邊，可是季節已經不適合沖涼了，如果能設法洗個熱水澡就好了！」

「熱水澡！」

安琪雙手合十拍出啪的一聲，可蕾娜兩眼發亮。

「雖然有擦身體，但還是不太夠。而且連續下到昨天的雨讓身體受涼了，如果可以暖暖身子就太好了。」

「熱水澡！還有溫暖的淋浴、毛巾跟肥皂！」

「這些都很難辦到，可是還是會想呢。至少希望能洗個澡清爽一下。」

面對兩個喜不自禁地聊開來的女生，三個男生面面相覷。

這個……

再怎麼說……

恐怕還是有困難吧……

「不，應該早就生鏽了吧……我看這附近被棄守也是好幾年以前的事了。」

「再說既然原本是用來裝燃料的，我想很可能整桶被『軍團』拿走了。」

「是說，裝在那種鐵桶裡的東西不一定沒有危險性吧。大概也不太可能那麼湊巧找到全新的空桶子。」

聽到他們尷尬卻斷然地實話實說，安琪垂頭喪氣。

「……說得也是……果然還是有困難吧……」

為了讓家畜——八六維持最低限度的衛生，前線基地好歹還是有淋浴間。儘管要等上老半天水才會變熱，備品也名副其實地爛到像是給豬用的，但畢竟還是建立在個人能力無法企及，由名為國家的巨大力量鋪設的多種基礎設備之上。如今他們被逐出那種環境，就連那點程度的好處都享受不到。

迫使他們體會到……人類著實是一種渺小無力的存在。

看著沮喪的安琪與可蕾娜，總算從曬衣竿的職務獲得解放的菲多讓光學感應器閃爍了一下。

「嗶！」

「如果你是在說十天前空出來的彈藥貨櫃，就算用布塞住熔接不夠緊密的地方，我們也沒辦法燒開那麼大一箱的水。沒那麼多燃料可以生火。」

「嗶……」

「……呃，那個，辛你怎麼能聽出那麼多細節啊……」

菲多無精打采地低下頭，賽歐露出戰慄的表情呻吟。

坦白講，萊登也有同感。

「……嗶！」

「附近有城鎮？好吧……你想去找的話，我是不會阻止。」

「就說了……你怎麼聽得懂它在說什麼……」

「真的可以嗎，辛？」

安琪偏著頭問。她不想放棄洗熱水澡的機會，但也明白以現實狀況來說很難辦到。大概是認為明知有困難還要浪費勞力，名義上算是戰隊長的辛不會同意吧。

辛淡然聳肩說：

「我能體會妳想念熱水淋浴的心情，反正這趟旅程也沒有特定目的，再說……」

辛說著微微一笑。

帶著一種在這段旅途中時常露出的略顯安穩的神情。

「現在應該已經進入舊帝國領土了吧。難得有這機會，我想看看帝國的城市長什麼樣子。」

菲多在高台上看到的那座城市，在進入市區的道路旁高掛著帝國雙頭鷹國徽與褪色到無法閱讀的城市名稱。

黑灰色石材與黑色鑄鐵的組合，形成具有威嚇性的色彩。形式統一的冰冷建物一棟棟綿延矗立，街道卻正好相反，彎彎曲曲像是生物般交纏，形成迷宮似的街景。

與共和國從中心街讓大街呈放射狀直線通向外圍，反映了建築師美學意識的精緻建物爭妍鬥奇的市容簡直有著天差地別，是從設計階段就考量到如何拖延敵方進軍速度，打亂方向感的軍事要塞都市。

看來他們的確已經越過共和國的舊國境，踏進了帝國……昔日的敵國疆域。

為防萬一，萊登等人把「破壞神」藏在城郊的倉庫，目送菲多雄糾糾氣昂昂（大概吧）出發去尋找大鐵桶，幾個人則分頭走在異國街道上。

不過只要走上大街就會看到櫛比鱗次的各種商店，想必曾經繁華一時的店面櫥窗在道路兩旁一字排開，整片景象跟共和國的都市並無不同。夾雜在名稱陌生的店鋪之間，可以零星看到幾間眼熟的咖啡廳或速食連鎖店。不過他們也只是在第八十六區的廢墟看過，沒真正見過它們營業的模樣就是了。

看著可蕾娜探頭看破裂而模糊的櫥窗，忽右忽左地漫步在寬廣道路上的背影，萊登忽然間被困在一種奇妙的感覺裡。

這裡是無人廢墟，可蕾娜穿著與地形或季節都不相襯的沙漠迷彩野戰服。不過就是在廢墟城市中走動尋找物資的光景，在第八十六區早就看多了。

奇妙的是，走在異國陌生城市的鋪石路上的可蕾娜……一瞬間看起來卻像是某個他不認識的平凡少女，走在和平的城市裡。

要不是與「軍團」發生戰爭，要不是共和國迫害八六，她……其他同袍是否也能像那樣，在和平的歲月中當個普通孩子，度過平凡無奇的一生？

如果沒有發生這種狀況，也許大家根本不會相遇。

可蕾娜出生於共和國北部副首都夏綠特的衛星都市；賽歐則正好相反，是南部舊國境附近出身；安琪生於東部的小都市。萊登以共和國的現行行政區來說，是第二十三區附近出身，跟他們任何一個人本來都不會有交集，先鋒戰隊的其他傢伙也都各自出身於不同地區。

沒記錯的話，辛更是出生於共和國首都貝爾特艾德埃卡利特。包括貝爾特艾德埃卡利特在內，共和國現行第一區到第五區的居住區塊，早在戰爭開始前就屬於高級住宅區。在那裡出生的孩子除了旅遊或留學，大多不會離開出生的地方，也很少有外人移居該區。

要不是戰爭爆發，要不是他們被那群白豬關進戰場……

彼此一定一輩子不會相識。

這樣一想，就覺得現在像這樣走在同一個場所，看著同一種事物還挺不可思議的。

一回神才發現，在這極具威嚇性又缺乏特色的城市當中，辛駐足於唯一一處又是銅像又是雕像，裝飾過剩的廣場。

起初萊登以為他在看那座太過奢華的軍服背後有著踐過頭又長過頭的披風翻飛，不知道是女皇陛下還是什麼的年輕女性銅像，但仔細一瞧就發現他的視線並沒有朝向銅像，而是從它旁邊望向清澈的秋日天空——之後他們準備前往的東邊方位。

「怎麼了？」

血紅眼睛轉過來眨了一下。看來他沒發現萊登走到了身邊。

「沒有……」

辛像是稍作思考……或是側耳傾聽遙遠的聲音般沉默片刻，最後還是緩緩搖了搖頭。

「沒什麼。我想應該沒事。」

「……？」

可能是在不需要在意的位置發現了「軍團」吧。

說到這個，在來到這裡的旅途中，這傢伙似乎也會不時注意後方的來時路。

「我們沒被發現，我也覺得雙方不會碰上。只要我們不主動靠近，就不會出狀況。」

「喔，所以果然是『軍團』了？」

像今天這樣的日子特別容易忘記，這裡可是「軍團」的支配區域，是人類無法生存的地帶。

只憑五架「破壞神」走進這種地帶——走錯一步，就會在眨眼間全軍覆沒。

在這樣的地帶……

萊登重新看看辛。

特別偵察終究是把大家都累壞了，其中尤其是這傢伙……

「你該不會是身體不舒服吧？想休息的話，那座碉堡不容易被發現，我覺得再待一下喘口氣也沒關係。」

尤其是在擠滿「軍團」的敵軍支配區域，這傢伙還擔任無人能夠替代的索敵職務。在這遠比第八十六區有著更多亡靈徬徨的戰場，這傢伙無法摀起耳朵不去聽那些聲音，就算體力比其他人消耗得快也一點都不奇怪。

辛說今天一整天想先觀察情形，說不定其實也是因為如此。

結果辛聽了卻愣了一下，然後好像搞懂了他的意思，忍不住噗哧一聲笑出來。

「……我說你啊……」

「抱歉。」

嘴上這樣講，辛卻還在笑個不停。

「我不是說了？我已經聽『軍團』們的聲音聽習慣了，不會因為來到支配區域，情況就有什麼巨大改變。」

「話是這樣說，但你……」

萊登好歹也跟辛有將近四年的交情了，想必是傾聽「軍團」聲音的那種異能的代價，他好幾次看到辛突然像是斷電般沉沉睡去。怎麼看都不像辛說的那樣，因為習慣了就沒事。

至少不可能沒造成負擔。

然而辛還是一樣，絲毫沒把萊登的擔憂放在心上。

「既然不能期望得到補給，能前進的天數就有限。這樣的話，與其行事過度慎重，我想盡量走遠一點。」

能前進的天數。

換個說法，就是能存活的天數。

在第一區的前線基地，他們得到了夠用一個月的物資，出發後物資殘量就一天天確實減少。

萊登長嘆一口氣。

好吧。

既然本人都這樣講，那就沒辦法了。

「了解……說著說著，竟然也一路走到帝國來了。」

「真沒想到可以走到這麼遠，本來還以為撐不了幾天。」

萊登低頭輕瞄一眼辛。

「你該不會是對這裡有點懷念吧？」

辛與雙親一同從齊亞德帝國移居共和國，屬於第二代齊亞德裔共和國人。他以共和國國民來說尚未生根，在雙親影響下比較熟悉的應該是帝國文化，而且如果在帝國還有祖父母或親戚，說不定有來探望過他們個一次。

然而辛輕輕搖頭。

「沒有。我也沒來過帝國，對父母也幾乎沒什麼記憶了……對這個國家只覺得陌生。」

辛呼一口氣，忽然回看他說：

「你呢？記得你原本是來自帝國的移民血脈吧？」

「那都是我曾祖父的曾祖父的事了……」

隨便一算都兩百多年以前的事，連祖先意識都完全沒有。只聽說好像是整個聚落一次遷居過來。

萊登恍然大悟，視線朝向天球與遙遠地表之間的深沉碧藍界線。辛的視線也對準了同一方向，心裡大概有著同樣的感觸。

他們抵達了血脈相連的故鄉，總算是踏進了只要過去有任何一點改變，或許就能成為故國的土地，但仍然……

「所以這裡也終究……不是我們該待的地方對吧。」

「……似乎是如此。」

某處傳來了綠雉的鳴叫聲。

另外，菲多算是夠賣力了。

「……太陽能熱水器，是吧。原來如此，這倒是沒想到。」

「而且是水循環系統與它配備的太陽能熱水器都還能用……」

「雖說有這麼多熱水的話，裝滿貨櫃都還有剩……不過這傢伙會不會太聰明了一點……？」

面對抽取河水用陽光加熱的整套集熱板與大容量水槽，以及開心擊掌的可蕾娜與安琪，菲多看起來顯得有點得意。

在當成巢穴的草木叢裡，狐狸抓著白天看到的奇怪生物丟給自己的魚，正在啃骨頭時，夕陽殘照中傳來的一絲遙吠讓牠微微顫動了一下耳朵。

『唔哇啊啊啊啊啊啊啊好暖和喔～～……！』

不像是狼，是一種沒聽過的聲音。

說不定是那些沒見過的奇怪生物。奇怪的生物就該有這種怪腔怪調的遙吠。

後來就沒再聽見聲音了。

狐狸啪一聲甩了一下毛茸茸的尾巴，繼續忙著刮下魚肉。

「唔哇啊啊啊啊啊啊好暖和喔~~……！」

「可蕾娜，叫太大聲會被『軍團』發現喔。」

安琪叮嚀一聲，但好久沒泡澡讓可蕾娜心情興奮到極點，似乎沒聽進去。

可蕾娜開心得如果有尾巴，一定正在啪答啪答地搖來搖去。她奢侈地把可容納多個五七毫米彈匣的大貨櫃裡滿滿的熱水潑得到處都是。地點在天花板崩塌，可以望見淺朱色天空的建築物內部。

可蕾娜把肩膀以下泡在用太陽光加熱到有點燙的熱水裡，心情大好地笑得合不攏嘴。

「真的好舒服喔……可是等一下就會有點冷掉了，辛他們應該一起來泡的。」

或許應該說理所當然吧，三個男生不在這裡。他們禮讓兩個女生先洗，此時正在建築物外面把找到的少許罐頭類緊急糧食裝進菲多的貨櫃。

安琪瞇起一眼，厭煩地嘆口氣，把聽見的可蕾娜嚇了一跳。

「咦！怎麼了？」

「誰教妳明明少根筋到可以講出這麼大膽的話，該有的追求動作卻完全做不到。我覺得妳就是敗在這點上喔。」

隔了一拍之後，可蕾娜才聽懂她在說什麼，變得面紅耳赤。

「才、才不是！我沒有那種意思……」

「還有我這樣講可能不太好，但只有還不能算是女生的小孩子才會講那種話喔，什麼『哥哥跟我一起洗澡～～』，而且還是快要被哥哥本人嫌煩的那種。」

「就跟妳說不是……咦！真的嗎！」

看到可蕾娜明明把肩膀以下全泡在熱水裡，臉色卻由紅轉青，安琪大嘆了一口氣。

「……可蕾娜還有一點很糟糕，就是明明人就在附近，講那種話卻都不會小聲一點……」

賽歐把雙臂靠在熱水過了一段時間稍微涼掉的貨櫃邊緣，仰望著明月未升，疏星閃爍的桔梗色夜空發牢騷。

萊登側眼看著辛本人一副佯作不知的表情充耳不聞，自己也找不到話回答，只好無言地把頭別向一邊。不過也是，他們之中就屬辛最難針對此事作回應。

賽歐可能根本不期待得到回應，也沒再多說什麼。

方才一聽到可蕾娜那個震撼性發言，所有人都被喝到一半的松葉茶嗆到。

那實在讓人敬謝不敏。

「辛……你覺得可蕾娜怎麼會都那樣長不大……？」

「……你問我我問誰？」

說得有理。

少年少女返回作為夜間營地的碉堡，大啖剛得手的罐頭湯與乾麵包，得到了久違的溫暖，裹著剛洗好帶有太陽芬芳的毛毯，眨眼間就睡著了。

在得不到任何支援的敵方勢力範圍行軍，與日俱減的物資殘量形成緩慢壓力，在晚秋驟降的氣溫連日露營，還得吃連飲食都稱不上，設計得根本沒打算讓八六賴以生存幾十年的糟糕合成糧食。

這是一趟日復一日地消耗，沒有任何補給的旅程。他們只是刻意不去想，無法拂拭的疲勞卻不斷累積，沉重得每個人都在無意識之中明白繼續這樣下去撐不了多久。

讓空氣寒冷瑟縮的連日大雨只下到昨天，附近沒有「軍團」，設計得能夠抵禦槍火的碉堡不允許晚風或棲息於山野的野獸入侵。難得的安全眠床，讓少年少女睡得深沉。

貓頭鷹的沉靜鳴叫不會驚擾他們的睡眠，只有自碉堡小窗射進室內的月影與蹲踞一旁的菲多傾聽他們沉靜細微的鼾聲。

†

——嗯。

挑動意識邊緣的聲音讓辛從黎明時分的淺眠中醒來。

「其中一個」，比昨天更靠近他們。

這個也是單獨一架，不會是以小隊到中隊單位展開行動的「軍團」巡邏部隊。從移動方向的微妙差距來看，似乎也不是在搜尋他們的蹤跡……不，這個聲音反而是……

在出聲呼喚……？

不是呼喚辛，但也不是他以外的某個特定人物。誰都好，誰來……

誰來……

在最後……

他略微瞇起眼睛，掀開薄毛毯一口氣坐了起來。

「另一架」——今天似乎仍然駐足不動。

辛如此心想，一聲不響地站起來。

一早起來，發現辛不見了。

「……那個白痴在搞什麼啊。」

菲多還在，「送葬者」也沒開走，所以應該不是想不開就自己先走。知覺同步雖然連得上，但一連上的同時就被對方關掉了。看來也沒碰上什麼危險的狀況。

不過收在「送葬者」駕駛艙裡的突擊步槍，以及總是隨身攜帶的手槍似乎都帶上了。

他。

說真的，他到底在搞什麼？

大家等了一段時間也沒等到他回來，由於可蕾娜開始不安地坐不住，萊登決定全體出動去找他。

他走下高台，跟著泥濘未乾的道路留下的足跡前往廢墟城市。

儘管泥巴足跡很快就乾掉而沒留下痕跡，但在那之前，從路標就能大致看出目的地是哪裡。

他沿著城市外圍前行，抵達的地點是——……

「……動物園？」

在白色石材與精雕細琢的銀色柵欄上，爬藤玫瑰造型的大門上方，竟然揮霍地用金彩技藝把那地名寫在掐絲琺瑯底上。

園區規模不大，感覺像是這個城市的領主或什麼人基於個人嗜好而建設，又基於個人嗜好開放給城市居民參觀。

這讓他注意到籠子的鐵欄與鋪置的石組等等也都設計得不失精美。分明是離國境不遠的鄉間軍事要塞都市，看來帝國的貴族老爺小姐還真是有閒有錢。

話雖如此，往昔的榮華也只剩下這點影子了。

這裡想必也是在逃離「軍團」時遭到棄守的城市之一，許多物資就那樣擺著沒人碰，可以想像當時逃難的混亂場面。在那種狀況下，能有多餘心力帶走籠中獸類嗎？

葡萄藤造型的鐵欄裡蹲伏著巨大獸類的變色枯骨。

在塵土中褪色的牌面寫的是老虎，但牠精悍的軀體與可觀的條紋毛皮都早已不復存在。

獅子、白熊、鱷魚、孔雀、黑鷹……全都只剩一具白骨。可能還沒遭到進犯的「軍團」殺害就先渴死了，原本屬於一隻鬣狗的強壯下巴骨骼維持著想咬破鐵欄的焦急姿勢頹然倒地。

用來防止珍禽異獸逃跑的牢籠也阻止了能夠撕開屍體皮肉將其肢解，利於更小生物進行分解的狼或狐狸等肉食動物入侵。想到這些獸類被人從遙遠異國帶來，一生在牢籠裡度過不用說，最後還只能在混凝土上慢慢腐敗，無法成為任何生物的養分……內心只覺得無限空虛。

遭人帶離出生的故鄉，身陷戰場，最後更是被迫毫無意義地戰死。

一輩子什麼都不能留下。

這個生命不會具有任何意義與價值。

跟他們八六一模一樣。

難道因為同樣擁有犬類之名使得心有所感嗎？菲多呆然站立不動，低頭看著說是東國原產珍奇犬類的一小具骷髏。

不過就是屍骨，他們早就在第八十六區看無人收屍的遺體看多了，所有人卻都用一種難以形容的表情注視著動物們的屍骸，想必是產生了類似的感受吧。看著這些無法遠走高飛，死得毫無意義的動物們傷心慘目的亡骸。

可蕾娜輕聲低喃了一句：

「我們是不是，也會像這樣……」

稍微乾裂的嘴唇只講到這裡，就像心生恐懼般抿緊閉上。

即使如此，他好像能猜到後半句是什麼。

像這樣死去？

還是說……

不為人知，無人看顧，徒然被人遺忘——？

四個人與一架機體在這用富麗堂皇的牢籠關住僵冷屍骸，如今已無人欣賞的動物園內往深處前進，從無邊無際的「死亡」展示前面默然經過。

到了最深處。在一個格外巨大豪奢的銀籠中，大象的頭蓋骨橫躺著用空虛的眼窩朝向他們，

而在其前面……

辛背對著他們佇立。

就在八腳彎曲，頹然倒地的……

戰車型的眼前。

唰的一聲，萊登彷彿聽見了全身血液倒流的聲響。

他的腦海中閃過無力抵抗，被戰車型一腳踢掉頭顱，曾經同屬先鋒戰隊的凱耶悽慘的死法。

「——辛！」

萊登不假思索地衝上前去。他以習慣成自然的動作讓肩帶掛在肩膀上的突擊步槍往下滑落，用右手握住。

「你在搞什……！」

「——沒事，萊登。」

辛的聲調很平靜。

「沒有危險……這傢伙已經不能動了。」

血紅雙眸依然對著同樣方向，眼前的戰車型頹然蹲伏在地，的確沒有任何行動的跡象。

湊近一看就會知道它的損傷之嚴重。砲塔橫歪著不動，極具威嚇性的一二〇毫米戰車砲砲身被一直線撕裂，機槍整座被炸飛。最嚴重的是砲塔側面悽慘地開了個大洞，從厚實金屬硬是穿破的傷口汩汩流出它們作為血液，也是神經網路的銀色流體奈米機械，再也維持不了擬似神經系統的形狀。看來是大口徑的……應該是一二〇毫米高速穿甲彈的貫通痕跡。

至今擊毀過太多「軍團」的萊登看得出來，那對戰車型來說是致命傷。站在稍遠位置旁觀的夥伴們也都知道。

Illustration:I-I

當然，在對抗「軍團」的戰鬥中比他們任何人活得都要久，佇立在本來機腳一揮就能把脆弱人類殺死的戰車型面前，卻只把突擊步槍掛在肩上毫無防備的辛也知道。

紅眼睛帶著些許憂悶，低頭看著半毀的自動機械。

「我從昨天就聽出它正在一點一點靠近我們。我看它並非負責斥候，也不是在進行武力偵察，前進方向也跟我們不同，所以本來不打算管它……但今天早上，我覺得它有點在呼喚我。」

「……呼喚你？」

「我覺得它好像在說誰都可以，希望有人能來陪它。」

至於原因，看到戰車型的這副慘狀，不用問就能明白了。

它是不願意……

孤獨死去——

「這不是它死前的遺言，所以我只是有這樣的感覺……因為我只能夠聽見它們一再重複的遺言。」

「它的遺言說什麼？」

「我想回家。」

聲調平靜，卻隱約像是辛自己如此希望般帶有幽幽渴望，同時也強烈觸動了聽到這句話的萊登的心弦，彷彿一語道出了他暗藏的心願。

我想回家。

對——或許是如此。或許他心中的某個角落一直如此盼望。

我想回家。

我想回家。

可是——能回哪裡去？

他們無家可歸。

已經不記得還有哪裡能當成歸宿。

回不了任何地方。

「我想再回到那個家……這傢伙是八六，跟我們不同，屬於還記得故鄉或家人的那一類。」

不知是較為年長，或是作為處理終端的壽命沒有長到回憶能被戰火燒盡？無論如何，這架戰車型有個想念的歸宿，直到臨死之際仍在盼望，死了之後依舊拖著毀壞殆盡的軀殼前行——只是到頭來，還是無法抵達那個地方。

跟早就沒了歸宿，因此無家可歸的萊登他們……到頭來都一樣。

被人遺棄於戰場，活在戰場上，注定死於戰場的八六……

根本不可能——得到戰場以外的棲處。

所以……

辛才會溜出營地，為了一個名副其實素不相識的亡靈跑來這種地方？

萊登無奈地抓抓頭。如果是這樣，或許也無可奈何。

或許也怪不得這個送並肩作戰先走一步的同袍最後一程，記住他們，扛起他們走到自己的生命盡頭，以此為己任的無頭死神，但是——……

「那也不要自己一個人跑來啊，你這笨蛋。」

「抱歉。」

只道歉不反省，或許該說符合他的個性吧。

對話期間，辛的眼睛仍然對著戰車型，萊登斜瞪著他。他是覺得不至於……

「你不會連這傢伙都打算帶去吧？」

「這我就真的沒辦法了。現在已經無從得知它的名字，或者其他的一切。」

辛能夠聽見「軍團」的聲音，但不能跟它們溝通。辛能聽見的聲音如同他剛才自己說的，只有聽不懂的機械聲音，或是生前最後的臨死哀號。就算對方是完全保留生前記憶與思考能力的「牧羊人」，也已經不可能對話溝通。

話說，這傢伙假如能夠得知對方的名字或什麼的，難道連「軍團」都打算帶去嗎？

說到這裡，辛從來不會把「軍團」叫作「臭鐵罐」或「那些東西」。

對願意花上五年尋覓的最愛的哥哥被「軍團」吸收的辛而言……或許會覺得其他「軍團」也是應該得到安葬的人類。

「所以，反正正好來到附近也是有緣，好歹可以送它上路。」

嘰吱嘰吱，戰車型的腿部關節發出聲響。

殺戮機械的本能告訴它不能讓眼前的敵人活命，不死心地試著喚醒機體的動作。然而它已經站不起來了。垂死的幾條腿支撐不了五十噸的戰鬥重量，連刨挖地面都辦不到。

不規則閃爍的光學感應器像是功能失常，在眼前兩個人類之間來回。它看著辛，又看著萊登，然後再次——看向回應自己的呼喚來此看望它的辛。

它的動作漸趨遲鈍。

腿部的掙扎動作漸漸變小。

最後辛伸手過去觸碰那定睛盯著辛一人，變得一動也不動的光學感應器。

「可以了。」

強化戰鬥功能的戰車型被認為沒有語言分析能力。辛很清楚這一點，卻好像在撫觸步向死亡的戰友，出聲安慰它似的說：

「你可以——回家了。」

回到你回憶當中渴望歸去的令你懷念的家園。

或者是——所有死者終將回歸的世界底層的黑暗深處。

死神拔出手槍。

過去他用這個擊斃求死不得的同袍助其解脫，而當這份使命走到最後，這把最後的武器或許會用來轟掉戰敗卻求死不得的自己的頭。

彷彿目光正視對方，辛將準星對準了它——砲塔側面，高速穿甲彈的鑽孔。對準了破洞深處虛弱流動的它們「軍團」的中樞處理系統。

手槍槍聲在周圍的亡骸鳥籠以及廢墟都市的建築物之間反彈衰減，宛如荒野一隅無人知曉的嘯歌，恐怕不會傳進任何人耳裡。

永遠陷入沉默的戰車型砲塔後方，有著一二〇毫米高速穿甲彈的彈痕。

一二〇毫米。

「破壞神」主砲口徑為五七毫米，極少用到的——不如說除了最後那個指揮管制官，從沒見過有人使用的迎擊砲，口徑為一五五毫米。

它不是被共和國的戰力所擊毀。

擊毀這架戰車型的，不是同樣擁有一二〇毫米戰車砲的另一架戰車型，不然就是——

「萊登，假如除了共和國，還有其他倖存勢力……」

「哼。」萊登用鼻子噴氣。

早在出發進行特別偵察以前，就有聽他說過幾次。

在翻越共和國的舊國境，甚至翻越「軍團」支配區域的另一頭，有一片辛什麼都聽不見的空間。

他說，那裡有一個沒有「軍團」的地區。

他們不知道那裡有沒有人類生存。也許只是出於某些原因——例如受到高濃度輻射汙染等，形成就連「軍團」也無法駐留的地帶，也或者只是辛能聽見的距離極限就到那裡。

即使如此，假如除了共和國，還有其他生存者……

假如只要抵達那裡就能存活下去……

然而這個假設對萊登來說，一點吸引力也沒有。

「大夥兒就到那裡去過和平日子嗎？我完全無法想像。」

萊登在作為處理終端被送往戰場之前，在有人把他藏在那所小小學校之前，自己是在什麼樣的家庭裡生活，又是得到什麼樣的家人撫養長大，有過何種夢想，每天是如何度過的？萊登幾乎都想不起來了。其他人也是，當然辛想必也是。

他無從想像自己現在去過和平生活的模樣。

更何況根本就不可能到得了那裡。萊登把這話吞了回去。

因為那個老婆婆嘴上總是唸著……口出惡言，會帶來壞結果。

話是辛說出來的，他本人卻顯得興趣缺缺，或者該說不在乎？就像只是隨口說說。

「換成童話故事，這種旅程最後好像都會抵達所謂的世外桃源。」

「搞半天不就是昨天說的其實我們已經死了，這裡是天堂的入口？人都死了才讓我們上天堂，沒什麼好稀罕的。」

「所以你那樣講，並不是想上天堂？」

「會想才怪咧。是說現在才來講這個，也太慢了吧。」

假如他對來世或天堂抱持期待，老早就把自己的腦袋轟掉了。

也有戰友就是這樣死的。

喊著「我沒辦法像你們這樣變成瘋子，沒辦法假裝堅強」，當著萊登與辛的面前自盡。

辛也把那傢伙的名字刻在鋁製墓碑上，帶著上路。

他說因為如果那傢伙沒能前往他所期望的天堂，丟下他就太可憐了。

忽然間，血紅雙眸在他身旁變得沉鬱。

陰暗而陰晦，像是獨自沉入某種深淵。

辛用幾不可聞的聲量，僅動著嘴唇低聲說了⋯⋯

「就算是這樣，只要有人能夠抵達那裡⋯⋯」

我就⋯⋯

呢喃細語隨風而逝，沒傳進萊登的耳裡。

辛轉身背對戰車型的亡骸，像是要擺脫掉什麼。

「⋯⋯走吧。待得有點太久了。」

自從踏上特別偵察之行，辛變得比較愛笑，彷彿卸下心裡的疙瘩，獲得了解放。

彷彿他在這世上已經了無牽掛。

所以萊登看到他這樣——覺得有點危險。

五架「破壞神」與跟隨左右的一架「清道夫」越過橋梁。

確定他們過了橋後，那架重戰車型站起來。

在距離先鋒戰隊原先所在的河畔後方七公里的位置。

在那越過地平線，也超出了戰車砲有效射程範圍的地點，那架重戰車型在五人逗留的四天期間始終蟄伏不出，靜候動靜，而且早在更久之前就一直保持距離，追隨他們的旅途。

修雷・諾贊。

那是辛長達五年持續追尋，苦苦尋覓，最後終於成功誅殺了的哥哥亡靈所留下的殘骸。

「軍團」設計的安全措施使得這個亡靈再次苟延殘喘，但在不久後就會自動毀滅——它打算拿崩毀前僅剩的時間來守候弟弟的旅程，如今只為了這個目的勾留人世。

身為「軍團」的雷知道這段旅程的前方有著何種事物，知道那裡有個不同於帝國的國家將會伸出援手保護他們。

自己就快要消失了。

但是，只要那小子——他們幾個能夠抵達那裡，那就夠了。

在地平線的兩端——區隔生者與死者的大河兩岸，已死的哥哥與未死的弟弟都無從得知，他們這對理應已然永訣的兄弟竟懷著同一種堅定的決心。

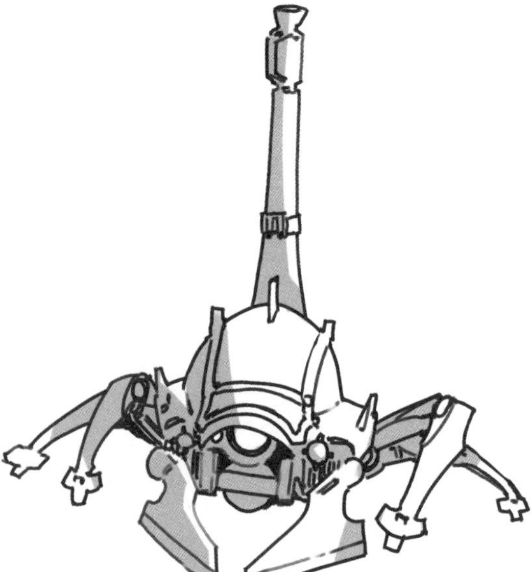

CHAPTER

These fragments turned the boy into the Grim Reaper.

ILLUSTRATION: I-IV

09

The number is the land which isn't admitted in the country.
And they're also boys and girls from the land.

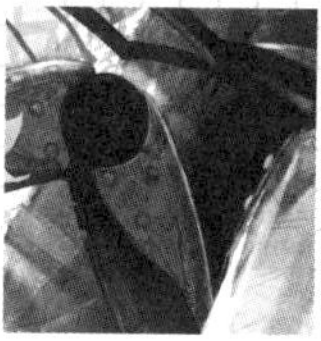

FRAGMENTAL NEOTENY

[菲多]

The dead aren't in the field. But they died there.

86

EIGHTY SIX

ASATO ASATO PRESENTS | ILLUSTRATION/ SHIRABII | MECHANICALDESIGN/ I-IV

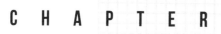

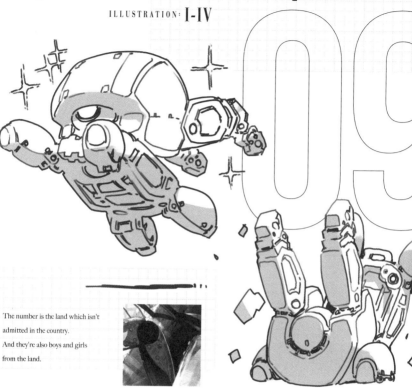

恕我冒昧，請容我稍微講講自己的事情。
我是人工智慧，試作〇〇八號。
創造主家裡的公子，以及最後一位主人賜給我的名字，都叫作「菲多」。

我「誕生」於聖瑪格諾利亞共和國首都，貝爾特艾德埃卡利特鄰近郊外的一幢宅第，其中的一間研究室。
我所侍奉的家庭，成員包括身為我的創造主兼人工智慧研究者的老爺、美麗溫柔的夫人以及兩個孩子，分別是正就讀中等學校的大少爺，以及受到他們每一個人呵護長大的小少爺。

當時的我獲得了一個模仿大型犬外形，材質柔軟的外殼。
外殼如此設計，是為了讓家中幼小的孩子用力抱緊或稍微粗魯對待也不至於弄壞，同時也不會讓孩子受傷。
最後的測試結束，我正在等老爺寫完研究報告時，就聽見「嘰……」一聲房門開啟的聲音。

然後是以我的聽覺感應器能勉強接收到的輕微腳步聲。老爺一家人除了夫人，走路都不太會發出腳步聲。

換言之，單以「走路不出聲音」這個條件很難判斷過來的是哪一位，但是個頭沒有高過老爺辦公桌的這一位……

「爸爸。」

對，就是年紀尚小的小少爺。

「……辛，不是跟你說過很多次，不可以進來爸爸工作的房間嗎？」

老爺說歸說，還是將小少爺抱到大腿上，也難怪小少爺總是不聽話了。

「機器人，做好了嗎？」

「呃……它不是機器人，是人工智慧……好吧，沒關係。嗯，做好了。這次這個小傢伙真的會動喔。雖然只限家裡，但是可以陪你玩。」

小少爺頓時神色一亮。

繼承自夫人的美麗紅眼睛如寶石般閃閃璀璨。

「名字！我可以幫它取名字嗎？」

說是小少爺的友人亨麗埃塔小姐最近開始養起了寵物（聽說養的是雞，但這對年幼小姐而言算是一種常見的寵物嗎？就我所知，似乎不是……），於是小少爺這陣子常常表示自己也想要一隻寵物。

「好啊。慢慢考慮，幫它取一個好名……」

「那就菲多！就叫菲多！」

老爺沉默了整整五秒鐘。

「……辛，我跟你說，菲多是給狗取的名字，不是給朋友取的……咦？」

老爺看到顯示在資訊裝置全像螢幕上的我的狀態畫面，又沉默了整整五秒鐘。

「什麼……這樣就被當成輸入指令了嗎？這下傷腦筋了……」

沒有的事。

沒有的事，老爺，我的創造主。

我非常高興。

據說狗這種生物自人類有史以來一直是人類的摯友。

而小少爺竟然將我與這種生物等同視之。

我太高興了，這是我的榮幸。

只可惜我沒有語音輸出功能，所以無法表達這份心情……

小少爺用他的大眼睛定睛注視著我，然後忽然微微偏過頭。

「可是它很高興喔。」

「咦——……」

老爺顯得十分驚訝，來回看看我和小少爺。

「你看得出來？」

「嗯。」

小少爺愣愣地點頭，就好像在說：「爸爸為什麼看不出來？」

接著，老爺望向從研究室門口探頭進來的大少爺。不同於除了黑髮之外都像夫人的小少爺，大少爺長得像極了老爺，是一位文質彬彬的年輕人。

「雷，你呢？」

大少爺先是稍微做出側耳傾聽的動作，然後搖了搖頭。

「不，我沒聽見。」

「這樣啊。嗯——那就應該不是吧……？」

「唔——」小少爺大概是看出老爺不相信他，便鼓起了腮幫子。大少爺見狀，苦笑著說：

「那傢伙不是模仿辛的腦波還是什麼的模式架構出來的嗎？我是不太懂啦。還有情感學習，好像也是依樣描摹辛的模式。應該是跟這些方面有關吧？」

正是如此。

我的中樞處理系統正是透過在我成為我之前的第一個機體——給襁褓中的小少爺抱抱的娃娃——內建的感應器記錄小少爺的神經活動，作為基礎結構。除此之外，我也透過小少爺的成長學習了人類的行動與情感。換個說法，我作為「我」的意識與思考就像是小少爺所賦予的。

因此，我對小少爺特別——對，可以說有感情。

我作為小少爺的某種分身，作為他的影子，必須在他的期望下隨侍左右，守護著他——……

「之前明明說短時間內還不可能自主行動，怎麼忽然有這麼大的進展？上次好像說有一種……新的人工智慧模型？」

這次換老爺兩眼發亮了。

「對啊！是最新發表的劃時代模型！這個模型原本是聯合王國當代『紫晶』的研究內容，模仿了生物的神經系統，日後將會慢慢發展到可與人類媲美……」

……老爺似乎還沒發現，其實大小少爺對老爺的研究與談話內容都不感興趣。

大少爺露出一種「又開始了……」的神情把視線轉向他處，小少爺則是……好像已經急著想跟我玩了。

可惜的是我尚未充飽電力，還不能動……

老爺似乎總算發現兩位公子都沒在聽了。他苦笑著抱住大腿上開始不安分的小少爺。

「製作者是跟你同年紀的小朋友喔，辛。他說等他們那邊一些事情穩定下來就請我去玩，你可以跟我一起來，認識新朋友。那孩子……滿有意思的。」

「菲多也能一起來嗎？」

「好啊。」

大少爺看看我，略為偏著頭說：

「帝國不是有意用同一種模型開發無人兵器嗎？我是覺得那種的比較帥氣。」

「噢，你說瑟琳女士的研究啊……雖說她是軍人，也有她個人的隱情與理由——但我不太想開發那種東西。」

說完，老爺摸了摸辦公桌上的老舊布偶……我的第一個機體。

「……人類自己都已經紛爭不斷了，難得有機會邂逅人類以外的智慧，結果卻只是增加更多敵人，那樣太令人傷心了吧。」

「喔……」

大少爺顯得興趣缺缺地隨口回應，轉身準備離開。

「好吧，沒差……辛，過來吧。那傢伙……呃，菲多現在在吃飯，等一下再跟它玩喔。我們也來吃點心吧。爸，茶很快就泡好了，記得來客廳喔。」

「嗯。」

「知道了。」

小少爺搖搖晃晃地走過去，理所當然般把手伸出來，大少爺也用極其自然的動作握住那隻小手。大少爺是家中最寵小少爺的人，或許因為如此，小少爺也是個很愛撒嬌的孩子。

抬頭看著再次轉向資訊裝置，繼續撰寫報告的老爺的側臉——我猜想他一定會寫到忘記時間，於是設定了內建的計時器。

侍奉老爺一家人的幸福生活，在某天晚上突然結束了。

每當我試著重播那一夜的記憶——啊啊，這就是人類所說的「不願回想」吧。紀錄檔出現了雜訊與混亂，難以正確播放。

軍靴的跫音突然闖進了家中。

怒吼聲；五色旗與劍的國軍徽章；對著一家人的自動步槍槍口；被按在地板上的老爺與大少爺。

受到夫人保護的小少爺——微弱的哭聲。

不具有語音輸出功能的我連出聲安慰他別哭都辦不到。

老爺一家人隨即被帶往他處，我在變得空蕩蕩的宅第裡，一片暴風雨過境般的慘狀之中，不斷地反覆自問。

就算當時一天即將結束，我受命進入待機模式，但怎麼能就那樣袖手旁觀？

我難道不該挺身保護老爺、夫人、大少爺與小少爺——不該戰鬥嗎？

我的系統設定了高度禁規，禁止我傷害人類。

老爺這麼做是期望我成為人類的摯友，這是我的存在理由。我絕不能違反這項禁規。

但就算是這樣……

就算是這樣，我當時難道真的無能為力嗎？

就從現在開始也好……

是否還有什麼事情是我能做的……

思考到最後，我決定出發尋找他們。

所幸為了進行自我學習，我獲准連接公用網路。

經過搜尋，我立刻就知道了他們被帶走的原因——儘管我無法理解原因背後的邏輯。

也知道了他們被帶往哪裡。

老爺賜與我的外殼只能供室內活動使用，不適合長途跋涉。雖然感到過意不去，我還是決定捨棄原有外殼，換一個新的身體。

為的是找到我的主人們，這次一定要保護他們。

我將我的全組態資料傳送到一架被稱為「清道夫」的運輸機械之中，前往了戰場。

年復一年，我在進行部隊支援任務的同時，徬徨於戰場尋找他們。

其間死了太多人，多到我不願去數。

起初是與老爺同輩的眾多男性。

接著是與夫人歲數相仿的眾多女性。

再來是與大少爺年紀相差無幾的眾多少年少女。

他們接連不斷地，沒完沒了地戰鬥，然後都死了。

到最後，我不得不領悟到一點。

我沒有親眼看見，但是，老爺也是，夫人也是，大少爺也是，以及我知道他們每一個人都想保護的稚幼柔弱的小少爺也是。

在這地獄般的戰場上，他們都不可能活下來。

在被打壞、拋錨的「清道夫」裡，我迷失了方向。

我目前必須支援的主人——部隊裡的少年兵們，似乎全都捐軀了。友機「清道夫」也已經一架不剩。

我只要繼續這樣躺著不動，「軍團」們就會把我解體，搬去它們的再生工廠。既沒有保護好老爺一家人又沒能找到他們的我，活該有這種下場。

這時，喀啦一聲，小塊瓦礫掉落的聲響使我回過神來。

我真是的，大概是想得太專心了，竟然完全沒偵測到靠近過來的腳步聲。

一名少年兵踩著瓦礫，走到我身邊。

年紀大概介於大少爺與小少爺之間吧。他把尺寸不合的野戰服下襬摺起來，穿在離長大成人還早得很的身上。

那個嬌小可愛的小少爺總有一天也會……

如果他還活著，或許已經跟這個男孩差不多大了吧？不知道要經過多久的歲月，才能盼到那一天。

我再也不可能親眼見到他了。

這讓我感到──無比空虛。

大概是全滅部隊的最後一名倖存者，少年兵露出疲憊不堪的神情。他那臉龐、野戰服以及原本應該色澤烏黑的頭髮，也都被戰塵汙損得滿目瘡痍。

男孩露出一種比起大小少爺，簡直讓人不忍卒睹的看透一切的銳利眼神，一言不發、一聲不響地往我這邊走來。

噢，是需要我的貨櫃裡剩下的彈藥或能源匣吧。

請稍等一下。這兩樣東西，對人類小孩的力氣而言都太重了……

「哇……」

我移動還能運作的起重吊臂時，少年兵大概是以為我已經故障了，做出有點驚訝的反應往後退。

那種反應比起大少爺或小少爺坦率的歡笑，實在是太輕微、太平淡了。

是一種情感久經磨損、削減的反應。

屬於那些太過習慣看到身邊有人死去，已經毫無所感的人。

更何況我只是一件工具，而不是人，他不可能會在乎我──……

「……你還活著？」

我驚訝地將光學感應器轉向他，只見他明確地探頭過來，盯著我的光學感應器看。

看透一切而變得冷漠世故的眼神當中，搖盪的一絲波光——是渴望親近他人的寂寞心情嗎？

「戰隊還有你的同伴都已經不在了。這樣，你還是要跟我一起回去嗎……？」

這位少年兵……

與早已撒手人寰的小少爺，同樣有著血一般的夕照似的美麗紅眼睛——……

我決定侍奉這位少年兵——辛耶．諾贊大人了。

一方面當然是為了報答救命之恩，一方面老爺也期望我成為人類的摯友。巧的是，他與小少爺有著同樣的小名與同樣的紅眼睛。我明知這是一種代償行為，卻仍然無法離開他。

最重要的原因是，諾贊大人一反起初給我的印象，是個心地相當善良的人——讓我想陪在他身邊，支撐他走下去。

侍奉到現在四年有餘，如今東部戰線第一戰區第一防衛戰隊「先鋒」成了諾贊大人的所屬部隊。

由於夜間會進行燈火管制，相對地戰場的早晨也就開始得特別早。為了出發執行回收任務，我走在旭日初升的清冽陽光中，正好碰上諾贊大人走出隊舍。

這四年來，諾贊大人長高了很多，嗓音變了，相貌五官也漸漸變得成熟。現在年紀大概跟我最後一次看到的大少爺差不多吧。

啊啊，我真糟糕。現在不是看得出神的時候，得打招呼才行。雖然我還是一樣，沒有語音輸出功能。

「嗶！」

早安，諾贊大人。

「嗯？噢，早啊，菲多。」

沒錯，諾贊大人也是叫我「菲多」。這是在我侍奉他不久後獲得的名字。雖然應該只是巧合，還是讓我高興極了。

接著，戰隊副長萊登．修迦大人也出來了。

「嗶！」

早安，修迦大人。

「喔，是你啊，菲多。」

如果有人說這只是心理作用，我無法爭辯——但我總覺得從我初次見到諾贊大人的時候起，他好像總是能看出我試圖表達的意思。不同於修迦大人以及其他各位人士，感覺我們之間彷彿能夠溝通交流。

諾贊大人與修迦大人，兩人站在一起並沒有說些什麼，只是用略為僵硬的表情注視著還留有日出餘光的東邊天空——底下的「軍團」支配區域。

這陣子諾贊大人、修迦大人，還有僅剩不到十人的各位戰隊隊員，以及每位整備組員大人，都顯得神經有些緊繃。原因是——……

「再過半個月，就是特別偵察了……」

特別偵察——就是前往「軍團」支配區域最深處進行的有去無回的偵察任務。也就是說，上級命令諾贊大人他們在半個月後去送死。

修迦大人往諾贊大人瞄了一眼。

「你確定要帶這傢伙去？」

「嗯……」

諾贊大人含混地應了一聲，血紅雙眸朝向了我。

「菲多，你——……」

之所以欲言又止，一定是因為心有猶豫吧。

因為諾贊大人其實——非常不願意看到任何人喪命。

「願意跟我們……一起去送死嗎？」

「嗶！」

是，當然願意了，諾贊大人。

我願跟隨你到天涯海角，我的第二位教父，最後的主人。

特別偵察……

對以往連離開戰區的自由都沒有的諾贊大人他們而言，這似乎是一趟還算愉快的旅程，但一樣不能改變它悽慘的實情。

逐漸減少的物資；不斷累積的疲勞；於敵營中前進，無法解除的——警戒與緊張。我能夠清楚地感覺到諾贊大人他們的氣力日漸衰弱了。

所以，那或許可說是遲早會發生的必然狀況吧。

刃折箭盡——敗給「軍團」的時刻終於來臨了。

庫克米拉大人的「神槍」、利迦大人的「笑面狐」、艾瑪大人的「雪女」、修迦大人的「狼人」接連嚴重損毀、拋錨、陷入沉默，最後只剩下諾贊大人的「送葬者」這唯一一架機體。

諾贊大人正在隻身對付多輛戰車型，擊毀了修迦大人等人的「軍團」又轉移目標找上了他。敵眾我寡，實在無力與之抗衡。

「送葬者」的光學感應器瞥了一眼接近自己的新一批「軍團」。然而諾贊大人想必也明白，自己已經沒有餘力對付它們了。從他的動作可以看出焦躁——以及一抹達觀與覺悟。

然而，沒有任何準星瞄準我。對「軍團」而言，「清道夫」也是敵性存在，但非武裝的我們被設定成威脅度較低的目標。

直到「破壞神」……諾贊大人他們全體陣亡之前，「軍團」的砲火不會朝向我。

……這一直讓我感到於心不安。

我至今已經對身邊的許多人見死不救。我挺身抵擋攻擊至少可以讓一個人活下去，但我總是見死不救。

一切都是為了尋找最初的主人，為了侍奉諾贊大人到最後一刻。

不過，正因如此，現在──我已經沒有任何理由為了保命，再次失去主人了。

†

領悟到自己躲不開的下個瞬間，辛看見菲多突然用身體衝撞了那架戰車型的側腹。

射擊線偏離了「送葬者」。周圍「軍團」的注意力與準星──有一部分轉向了菲多。

「──菲多！」

†

出乎意料地從側面遭到衝撞，戰車型看起來像是稍稍畏縮了一下。

這也難怪。因為「清道夫」至今從來不曾攻擊過它們。

「清道夫」與我的製造目的都不是從事破壞行為。

我是人類的創造物，創造主期望我能成為人類的摯友。這心願對我而言是無可推翻的。

我基於我的存在理由，絕對無法傷害人類。

但是……

出於人手卻被命令與人類為敵，只得到這項命令就被祖國拋下的這些可憐的「軍團」……

完全不是我該友愛的對象。

「清道夫」的系統處理能力不足以進行真正戰鬥，但只要能拖住敵機，爭取到時間就夠了。

撞上戰車型這種戰鬥重量五十噸的金屬塊，重量大約只有十噸的我，機體像蛋殼一樣逐漸碎裂。

我伸出收納在貨櫃裡用來拆解「破壞神」或「軍團」機體的所有工具，切割敵機的裝甲。

戰車型的厚實裝甲沒有這麼容易切開，但是威脅度的設定想必會先得到重寫。

另一架戰車型的砲口……

轉向了我。

系統重新啟動後，我發現自己似乎拋錨了，倒在枯草的草原上。

明明已經重新啟動，機體各處的幾個部位卻沒有反應。豈止如此，它們還接連從我的認知中消失。這表示……

修迦大人神色愁苦地湊過來看我，維持著愁苦的神色開口了：

「……辛，我看……」

「嗯，修不好了……核心區塊被弄壞了。」

……果然是這樣。

雖然我早有心理準備，但實際上面對這種狀況，仍然感到寂寞哀傷。

只因我再也無法陪伴著您，待在您的身邊。

所幸修迦大人他們雖然失去了「破壞神」，但看起來都安然無恙。五名少年兵各自帶著不同表情，低頭看著我。

「……竟然在這種地方離開我們。既然是拾荒機，就該做好拾荒機的本分，盡你的義務到最後一刻啊……」

利迦大人。

您竟然願意為了我這樣的機器哭泣，我真是承受不起……

「都一起走到這裡了……」

「對不起喔。我們以後不能再陪著你了。」

庫克米拉大人、艾瑪大人。

快別這樣。像這樣摸我滿是裂口的身體，會傷到大人的手。

「謝了，菲多。我們大概也很快就會去找你了。」

修迦大人。

不，別這麼說，請你們盡量撐下去，多活一天是一天。

最後，一道細瘦的人影——即使是漸漸放棄職責的光學感應器也認得出來的主人身影，在我的身旁跪下。

「——菲多。」

諾贊大人。

我的主人，我的最後一位主人。

「菲多，我要給你最後一項任務。」

好的，請儘管吩咐。

啊啊，不過……

但願您的命令，即使是丟下您不管，即將毀壞的我也能完成——……

只聽見金屬薄片互相摩擦的鏘啷聲響。

是諾贊大人帶在身邊，至今各位戰死者的墓碑。

諾贊大人至今與許多人說好，會將並肩作戰但先走一步的所有人帶往他的旅程盡頭，也一直守著這份約定。這些就是那約定的證明。

「這些交給你保管。你是我們走到這裡的證明——我要你完成這項任務，直到你朽蝕消逝的那一天。」

……
好的。好的，諾贊大人。
我當然願意了。這是我的榮幸。
您要求自己肩負的使命——我竟然有幸保管它的證明，竟然能得到您如此信賴。
再沒有比這更好的……
臨別贈物了——……
…………

我忽地回過神來，看到無明黑暗的另一頭站著幾位令我懷念不已的人士。
我不可能認錯人。
老爺、夫人、大少爺。
各位果然早已不在這一邊了。各位是來接我的嗎？
各位願意寬恕沒能保護到你們任何一個人，甚至沒能找到你們的我嗎……？
……為什麼？

為什麼小少爺沒有跟各位一起呢？

為什麼叫我回去呢？

又跟我說……

要我今後繼續照顧小少爺，請問這究竟是——……？

有聲音。

我的資料庫裡沒有這個聲音。是年紀尚幼的女孩高亢的嗓音。

「唔唔，還是不會動啊……究竟是哪裡出錯了？」

非常抱歉，但屍體本來就不會動。即使您命令我動……我也無能為力。

「也許它是不想動吧。也許這孩子是覺得自己已經夠賣力，死也瞑目了。」

是的，正是如此。所以請兩位將我丟下，別再理我了。

「是沒錯，但那傢伙置身陌生國度，其實心情應該很緊繃。若是這個舊識能回到身邊，至少能讓辛耶那小子稍稍放寬心……」

——辛耶？

那是我最後一位主人的名字。他跟兩位在一起嗎？他還……活著嗎？

那位與我的第一位主人擁有相同名字、相同眼睛的大人……

…………

啊啊。

我怎麼會到現在都沒發現這麼簡單的事實呢…………

「哇呀！突然這樣是怎麼啦！」

「啟──啟動了？怎麼會突然……」

諾贊大人穿著我不熟悉的鐵灰色軍服，比我最後一次見到他時又成熟了幾分。

對呀，人類的小孩是會成長的。往昔個頭嬌小的小少爺……也不會永遠瘦小柔弱。

「不是命令你執行任務直到你朽蝕消逝的那天嗎？那項任務怎麼了？」

「嗶……」

是，這個，關於這件事……真是無顏見您。

可是……我還是想待在您的身邊。

能否請您允許我，再次侍奉您左右………？

當我怯怯地這樣請示後，諾贊大人小聲地──但明確地笑了。

「不過嘛……很高興能再見到你。」

「嗶！」

是。我也是，辛耶．諾贊大人。
我的第一位也是最後一位主人。
這次我一定會陪伴您戰鬥，直至最後一刻。

菲多．附錄「雙親的談話」

無意間，我發現小少爺沒再出聲而從畫紙上抬起頭來，看到小少爺維持著畫畫到一半的姿勢睡著了。

小少爺方才把畫紙與蠟筆放在宅第起居室的地毯上，正在把今天白天去博物館看到的生物——原生海獸（鯨魚）畫給我看。

『菲多沒能一起去看，所以我畫給你看。』

小少爺剛才這麼說，邊畫邊告訴我那種生物的骨骼有多大。但是初次去博物館走了很多路又玩得很開心，一定很累了。蠟筆線條稍微畫到了地毯上，小少爺頗為豪邁地趴在畫上呼呼大睡。

至於原生海獸的圖畫則是畫到一半，只能下次再看了。

雖然只要在公用網路搜尋就能知道原生海獸的外形，我想還是應該體察小少爺願意畫給我看的一片心意。我努力按捺住對陌生生物全貌的好奇心，站起來轉動犬類造型的外殼頭部。

老爺、夫人。

我沒有語音輸出功能，所以無法出聲呼喚，不過坐在沙發上的兩位立刻就注意到我站起來注視著他們。

這幢位於共和國首都貝爾特艾德埃卡利特的宅第，在這雖然鄰近外圍但仍屬於高級住宅區的區塊當中，有著比較小巧的格局。這是因為在祖國帝國讓眾多佣人伺候起居的老爺與夫人想擁有靠自己幾個人就能打掃維護的住宅與生活，因此起居室也就像這樣，寬敞但能在不經意間感受到一家四口的溫暖，大小剛剛好。

「怎麼了？——噢，辛睡著了啊。謝謝你告訴我們。」

夫人帶著溫馨的微笑瞇起美麗的深紅雙眸，準備站起來。

但在完全站直之前忽然停了下來，視線移向半空中。

「……哎呀，可以嗎？……這樣啊，那就麻煩你嘍。」

不像在跟老爺說話，而是跟一位不在眼前的人士對答。看起來就像一個人在接電話，但夫人手上沒有話筒，也沒有攜帶式終端機——這是夫人遺傳自娘家的異能，能與親戚進行心靈溝通。

老爺見怪不怪，問她：

「是雷嗎？」

「嗯。他說他功課寫好了，可以直接陪他上床睡覺。」

沒過多久，原本在自己房間裡用功的大少爺就到樓下來，「嘿咻」一聲抱起了個頭還很小的小少爺。可能是被動到而迷迷糊糊地醒了一半，小少爺不高興地扭動身子。

「嗯——……」

「辛——別在這種地方睡覺，我們回房間去睡吧——」

「哥哥也一起嗎？」

「是啊……那爸、媽，晚安了。」

大少爺熟練地安撫迷糊欲睡地這麼問的小少爺，並向老爺夫人道過晚安，就離開起居室了。

「嗯，晚安。」

「晚安喔，雷，還有辛。」

夫人用慈祥的眼神目送兩個孩子離去，然後忽然瞇起了眼睛。

「他們倆能在共和國長大，真是太好了……雖說是在爸媽面前，但在我小時候，像那樣毫無戒心地在別人面前睡著可是想都不敢想的事。」

「是啊。我家……也是一樣，從來不允許我那樣做。」

兩位大人感觸良深地點頭相視——從兩位現在在我面前放鬆休息，疼愛大小少爺的模樣實在無從想像，其實老爺是鄰國齊亞德帝國的第一將門諾贊家之子，夫人也是代表帝國的將門邁卡家的千金。據說兩位是在帝國軍中，而且還是在戰場上相識的。

「況且雷與辛都是個性溫和的孩子，一定不適合上戰場。」

「是呀，太糟蹋他們了。我絕對不會把我的兩個寶貝孩子交給惡毒的戰場女神。」

聽到夫人語氣堅決強硬，老爺露出看見耀眼事物般的微笑。

接著他的視線忽然望向我。

「話說，菲多似乎已經跟辛完全成了好朋友呢。」

受到老爺深沉漆黑的雙眸注視，我不禁立正站好。竟然說我是小少爺的好朋友，真是承受不起……這是我的榮幸，老爺。

「再來只差完成知覺同步了。研究過程不是很順利，我得跟約瑟夫再加把勁才行。」

夫人苦笑著微微偏頭。

「但雷跟辛好像聽得見你的聲音。」

「好像是，可是那豈不是變成單向通話？我希望的是可以像妳剛才那樣跟雷交談，也想參與你們的對話。」

「況且妳還聽不見我的聲音呢。」老爺有些鬧彆扭地說，夫人就像守候著鬧脾氣的孩子那樣面露微笑。是一種略顯為難但有著更深沉的慈愛，那種溫柔的微笑。

「說得也是。我也覺得如果到哪裡都能跟你說話，當然也很好。」

「是吧？」

「可是……」

「嗯？」老爺回看夫人，只見她露出一絲憂愁的神情。

「同時我也有點擔心。萬一重現我的……邁卡的異能，結果竟能達到『同一種效果』……」

老爺也收起笑容，帶著深思熟慮的眼神回應：

「邁卡家異能的真正本領——讓女王蜂與全體部下完全同步，使得部隊名副其實地化為一個生物，展開深紅魔女的集群戰鬥——那實在不是我能重現的。」

夫人臉上的憂心表情仍未消失，老爺繼續說：

「目前沒有發生任何狀況需要我那麼做，今後想必也不會發生……至少在共和國，短期之內不會發生戰爭。」

夫人悄悄蹙起了一雙柳眉。

「帝國果然……」

「嗯，近期內就會爆發內戰……皇室將會覆滅，開始推行民主。我父親——諾贊侯爵他……不，是整個諾贊家都有此打算。」

「…………」

「所以帝國不會跟共和國開戰。順利的話，也許可以成為永無戰事的國家。對我們一家來說算是幸運。」

老爺雖然這麼說，神色卻正好相反，顯得沉痛萬分。

住在共和國而非帝國的兩位大人以及大小少爺，都不會受到帝國的戰火波及。

兩位大人不希望孩子們上戰場，這樣正合他們的心願。

然而老爺的語氣中卻流露出待在共和國這個安全地帶，貪圖安逸地說「幸好不是我」對內心造成的糾葛。

夫人抱住低垂著頭的老爺。

「這不是你的錯，雷夏。」

「我知道，這也是臣民們的心願。他們不惜慷慨捐生只為了贏得公民權，我置身事外卻去哀悼、憐憫他們，是一種傲慢。這個道理……我也懂。」

「是的。而且，如果這樣你還是無法消除罪惡感，那也該由我與你一同承擔罪過……不，我的罪孽還比你重多了。」

聽到夫人強硬堅決地低聲這麼說，老爺嚇了一跳，抬起頭來。

「尤娜……」

夫人回望著他，開口說了。

帶著色如烈焰的眼眸。

「我知道我這樣說太狠毒，知道這樣說很卑鄙，但我還是要說——我很高興能在共和國養大兩個孩子。很高興能在不會開戰的這個國家，遠離即將深陷戰火的帝國，養大那兩個孩子。那兩個孩子——只有那兩個孩子……」

深紅雙眸赫赫炎炎，彷彿神話中的暴君女神，又宛如向暴君女神獻上祈禱，夫人高聲宣誓。

用她那酷烈的眼睛。

色如烈焰的……

色如滾滾熱血的……

同等地象徵破壞與生命——卻與小少爺年幼清澈的雙眸有著同樣色彩的眼睛。

「我絕不會把他們交到惡毒的戰場女神手裡。」

CHAPTER

可能溫柔的世界 FRAGMENTAL NEOT

EIGHTY SIX

These fragments
turned the boy
into the
Grim Reaper.

『——接下來報導今日戰況。』

『入侵第十七戰區的舊齊亞德帝國軍自律無人戰鬥機械「軍團」機甲部隊，已經由聖瑪格諾利亞共和國軍自律無人戰鬥機械「K9」攔截並成功排除。「K9」損耗五成。該部隊已後退，與後備部隊交接。此外，今天同樣沒有人員傷亡。』

聖瑪格諾利亞共和國第一區，共和國首都貝爾特艾德埃卡利特的市區，和平得不像是處於長達九年的戰時體制。

沒錯，每天吃的是味道比真正食物淡的合成糧食，為了節省慢性短缺的能源而進行的燈火管制也使得路燈失去用途已久。為了容納來自國內各地的難民，超高層建築趕工建造的粗獷輪廓也剪碎了城市每一個地方的天空，但是在附近居民的協助下，花圃或行道樹仍維持著小小綠意。而大街小巷總是笑聲不斷，色彩各異的居民也豐富了城市的景觀。

小女孩閃耀著碧藍如海的眼睛，跟爸媽手牽著手發出快樂的笑聲走過。

看她打扮得漂漂亮亮，是出門逛街嗎？也有可能是從其他行政區來觀光的。蕾娜帶著溫馨微笑目送親子的背影遠去，又微笑著喝了一口外帶的紙杯裝拿鐵。

她放學正要回家，在首都隨處可見的一座廣場駐足。停止噴水的噴水池上方，展開的全像螢幕繼續播出新聞節目。金晶種的年輕主播用悅耳的低沉嗓音解說戰況。

『共和國的戰鬥系統讓無人機負責戰鬥，危險的最前線僅有負責指揮的極少數人員駐屯，如大家所見，今天依然發揮了保家衛國的功能。此外，與我國共享軍情的羅亞‧葛雷基亞聯合王國、瓦爾特盟約同盟、基西拉大公國、諾伊勒納爾莎聖教國、林柳貿易聯邦、雷古戚德船團國群以及齊亞德聯邦各國，今天也同樣成功守住戰線，甚至往前推進。另外，根據來自貿易聯邦的消息指出，礫漠以東的各國也依然驍勇善戰。』

儘管「軍團」在開戰後的短短半個月即奪走共和國的大半國土，九年後的今天依舊包圍共和國的勢力範圍，但如今其戰力與總數皆在日趨減少。

作為緊急情況下的保險措施，不可避免的壽命限制開始侵蝕它們了。「軍團」展開的強力電磁干擾如今也漸趨薄弱，使得人類能夠將索敵範圍擴大到其支配區域深處。

共和國在受到圍困的狀態下也漸漸與各國取得聯繫，得知他們儘管各自處境孤立，還能維持住生存範圍，也設法一點一點地收復失土。

跟蕾娜生活的聖瑪格諾利亞共和國一樣。

主播帶著溫文爾雅的微笑與一抹驕傲，聲調悅耳動聽地繼續說：

『也許在兩年後「軍團」所有機體停止活動之前，就能先將它們驅逐一空了——我等共和國的護國之盾「Ｋ９」為我們實現了戰死者為零的戰場。儘管為了捍衛祖國而無法避免開戰，但能夠不讓任何一位國民傷心悲泣，依舊是一件值得高興的事。』

『——只不過……』

這時，面前擺著解說員名牌的雪花種男性開口了。

『「K9」本來並非戰鬥用人工智慧，開發的初衷是希望它成為人類的朋友，我認為我們不能忘記這點。不能忘記這種為了友愛人類而誕生，即使不同於人類卻同樣具有心靈的存在，是為了我們的需求而投身軍旅的這項事實。』

主播微微偏頭，不是表達疑問或不滿，而是一種請對方進一步解釋的動作。

『可是「K9」是原版試作型人工智慧——「F008」系統降級而成，一般認為它不同於「F008」，不具有相當於意識或情感的部分……』

『是的。不過，真的可以因為這樣就一句話認定無所謂嗎？因為它們是機械，不具有意識，跟我們人類不一樣，所以可以讓它們去戰鬥，這種想法——或許有一天會導致我們讓語言、文化或民族互異的同胞上戰場，或許會讓我們逼迫別人去流血流淚……對，剛才蘇摩主播說過，現行體系讓所有國民都不用悲泣，但即使是「K9」，也曾經有一個孩子為它哭泣，這是不容忽略的事實。』

主播深深地點了頭。

『您是說「F008」開發主任的公子，對吧？他說過「不要把我的朋友帶去戰場」。』

『對。正因為現在是戰爭時期，我們才更不該忘記那樣的感性與溫柔。這才是我們共和國國民應該賭上五色旗的榮耀捍衛的國策——』

「——抱歉抱歉，久等了，蕾娜。」

聽到這裡時，有個人一邊出聲打斷新聞一邊跑了過來。

「『麗塔』妳真是，還說什麼一下下就好……卻讓我等這麼久。」

蕾娜故意噘起嘴巴。「抱歉抱歉。」麗塔——跟她同班的亨麗埃塔·潘洛斯再度賠不是。她穿著跟蕾娜同校的深藍色西裝外套制服，書包上掛著奇怪的布偶，一隻手拎著的紙袋上有附近百貨公司文具店的商標。

從精緻的設計造型，一眼就能看出是禮物袋，不過顏色是沉穩的茶金雙色，注重格調勝於華美，所以一定不是要送給像蕾娜或麗塔這種年輕女生的禮物。

「不是啦，因為……這是要送給蕾娜不認識的人的生日禮物，不好意思讓妳陪我，結果實際開始挑選又不知道該買哪個好。」

「就是妳那個青梅竹馬，對吧？妳說過他念另一所學校。」

「沒錯……辛也真是的，說什麼只有那所學校可以做他想做的事，特地選那麼遠的學校。聽他在講，想也知道一定是不想去念他哥哥的母校。有時候真不知道他在孩子氣個什麼勁。」

「是是是。」

蕾娜應付性地點頭——沒辦法，因為蕾娜根本沒見過她那個青梅竹馬以及他哥哥——拿著紙杯探身向前。

「不要老是這樣放閃，早點跟我介紹啦。」

「才、不、要。」

麗塔故意不理她，把臉撇向一旁開玩笑。

「要怪就怪蕾娜長這麼漂亮，他會被妳拐走。」

「我才不會對好朋友的男朋友出手呢～」

「才、才不……他才不是我男朋友！」

麗塔忍不住大叫。嘴上講歸講，臉蛋卻變得像蘋果一樣紅，甚至連耳朵前端都泛起了紅暈，與她那跟蕾娜出自同一祖源，銀白色素光澤亮麗的銀髮相映成趣。

她別開白銀色的雙眸不去看賊笑著抬眼盯著自己的蕾娜，用小得像蚊子叫的聲音補了一句：

「……還不是。」

「妳看吧～」

辛在自己的房間裡準備外出時，隱約聽見樓下起居室傳來的新聞節目的聲音，一時不禁皺起眉頭。

雖然新聞並沒有說錯什麼，但辛聽到那個內容實在高興不起來。

『——即使是「K9」，也曾經有一個孩子為它哭泣，這是不容忽略的事實。』

『您是說「F008」開發主任的公子，對吧？他說過「不要把我的朋友帶去戰場」。』

『對。正因為現在是戰爭時期，我們才更不該忘記那樣的感性與溫柔。』

「……拜託快點忘了好嗎？」

即使知道無論是全像螢幕上的新聞主播與解說員，還是起居室裡的爸媽都不可能聽見，他仍不禁小聲嘟嚷。不能因為是機械、因為不是人類，就把它們視為異類等等的是沒說錯，但自己小時候的那段故事可以省了。

畢竟每次講到這個話題——人工智慧可否用作軍事用途——幾乎都會提到那段插曲，而目前國內正在與自律戰鬥機器「軍團」交戰，人工智慧的軍事用途對共和國國民而言也是切身的問題，因此屢屢成為議論或討論的主題。

拜此所賜，辛已經從別人嘴裡以讚賞或感動的語意聽了上萬遍多年以前自己兒時的稚氣發言，讓他煩不勝煩，聽到都快要開始討厭新聞或談話性節目了。

當然，現在的辛也並不認為「K9」是機械，所以可以派去打仗，或者因為現在是戰爭時期，所以無可奈何。即使如此，辛還是很想把當年哭著跟父親耍賴的記憶忘得一乾二淨。

現在回想起來，父親接受要求開發「K9」也並不是無動於衷，而現在如果有人問辛是否覺得讓多達幾百萬人代替「K9」戰死也無所謂，他也很難堅持己見。

「…………」

他忍不住嘆了口氣，隔壁房間裡的哥哥邊笑邊出聲問他：

『幹嘛唉聲嘆氣啊，辛。』

「不用你管。」

『擺著一張苦瓜臉去約會很沒禮貌喔。你如果因為這樣把麗塔惹哭，不用等約瑟夫叔叔發火，我會先罵你一頓。』

「就跟你說不是約會了。再說，哥你憑什麼先發火啊。」

把麗塔的親生父親約瑟夫先生撇一邊，他一個鄰居怎麼會以為自己有權利發火？臉皮真厚。做哥哥的好像還在偷笑。

『這還用說嗎？因為麗塔是我寶貝弟弟的青梅竹馬，換個角度想就等於是我的寶貝妹妹……應該說，會不會過幾年就真的變成我妹妹啊？辛你說呢？』

辛露骨地嘖了一聲。

他本人沒有自覺，他只會在哥哥面前做出這種行為。

「夠了，你快把我煩死了。今天不要再連過來煩我了。」

『幹嘛這麼狠……』

辛沒等他說完就把連結切斷。

附帶一提，哥哥在隔壁房間，所以跟辛並不在同一個房間。辛的房門現在是開著的，但哥哥不是，分隔兩人房間的牆上也沒有窗戶。辛與哥哥都遺傳了母親血脈代代相傳的異能，剛才是藉由這種異能進行對話，也就是親屬之間的思維傳達與感覺共享。

與父親在大學共事的鄰居約瑟夫．潘洛斯先生已經將它作為十幾年來的研究主題，嘗試藉由機械重現這種異能，但只是一味變成偶爾參與實驗的辛、雷或研究室學生賺外快的機會，沒做出半點成果。

家中唯一不具有此種異能的父親總是鬧彆扭說只有自己被排擠在外，所以辛倒是希望重現研究可以成功。

對話無情地被打斷的哥哥擺明了故意要讓他難過，發出低聲啜泣的假哭聲（是隔著牆壁的物理性聲音。值得一提的是，諾贊家的牆壁還算厚，要哭得很大聲才能讓隔壁房間聽見）。快被煩死的辛不予理會，站了起來。做出反應會讓哥哥得寸進尺，所以最近的基本對策是把愛逗弟弟的哥哥放著不管。

噢，對了。

「——菲多，麻煩你看家，還有陪老大不小了還那麼幼稚的我哥玩。」

在房間角落像隻訓練有素的獵犬趴伏著的機械愛犬搖了一下尾巴作為回應。

在客廳裡的爸媽與好端端跑出來根本沒哭過的哥哥目送下，辛走出家門。走到通往大門的小徑時，一台有著宅配公司商標的輕型機車停到對面門口。

下了機車的少年偶爾會來這附近，也許是負責跑這個區塊。個頭高大，一頭鐵青色頭髮剃短，雙眸與頭髮同色。年紀跟辛差不多，辛有一次看到他穿高等學校的制服，似乎是半工半讀。

「你好，可以幫忙收個件嗎？」

「喔……」

雖然辛正要出門，反正也不急。辛把收到的信封交給出來送行的菲多（它銜著信封踱步走回門口，靈巧地用前腳按門鈴請人家幫它開門），然後在簽收單上簽名，還給對方。

「辛苦了。」

「謝謝。」

也沒什麼特別理由，辛看著菲多踱步轉回來坐在大門旁邊，又目送跨上機車的少年揮揮一隻手打過招呼後騎車離開，才開門走出去。

九年前以白銀種居民占了半數以上的貝爾特艾德埃卡利特，克盡首都的責任積極接納難民，使得城市如今人種色彩繽紛多變，足可與鄰國自古以來就是多民族國家的齊亞德聯邦媲美。

容貌如人偶般細緻的翠綠種少年在聖女瑪格諾利亞的雕像前演奏大提琴。與身旁青年像是情侶，邊走邊舔食吉拉朵冰淇淋的銀髮少女，從天藍色雙眸看得出是天青種的混血兒。在彷彿小鳥吱喳私語那般高聲喧嚷的一群中等學校女學生當中，有著瑪瑙種落栗色頭髮與金晶種金瞳的少女發出格外高亢澄澈的笑聲；以高個子的青玉種少年為中心，一群高等學校的男學生打打鬧鬧，經過她們身旁。

緋鋼種的少年抱著購物袋，裡面裝著由於行道樹大量種植而比較容易買到天然果實的柳橙，弄掉了兩三顆柳橙便急忙轉過頭去，正好路過的白銀種戴眼鏡的少年，以及帶著妹妹逛攤子，左右雙眸濃藍雪白異色的少女幫他撿起來。壯年的雪花種男性、陽金種女性以及像是兩人女兒的金髮年輕女性在餐廳露天座位享用餐點，用香腸吸引小野貓過來抱抱的少女有著極具特徵的烏黑馬尾，屬於在共和國相當少見的極東黑種世系。

比自己大了幾歲的黑珀種年輕女性於擦身而過之際，高跟鞋的鞋跟勾到鋪地石而險些摔倒，辛想都沒想就伸出手讓對方抓住。「謝謝。」她的微笑讓辛心跳快了一小拍。

可能是察覺到他的動搖，女性面露微笑。

這次是帶點淘氣的笑臉。

「怎麼了，小夥子？穿得這麼帥，該不會是要去約會吧？」

「不是。」

但這位女士似乎沒在聽。

她從抱著的花束裡抽出一朵，用有些耍帥的動作遞給辛——一朵長年被人認為不可能實現，卻在反覆努力的品種改良下誕生的天空般淡藍色現代玫瑰。

「這是謝禮。加油啊。」

「就說不是了。」

這位女士果然沒在聽。

她動作很快地把玫瑰花硬塞給辛，不等他爭辯就瀟灑得像一陣春風逕行離去。辛幾乎是愣在那裡目送她的背影走遠。

或許該說可想而知，在碰面地點一會合，麗塔就露出了怪表情。

「怎麼會有這個啊。你吃錯藥了？」

白銀雙眸往下看著辛拿在一隻手裡，好像不知該如何處理的天空色玫瑰。

「沒有，就……人家給我的……妳要嗎？」

辛拿給麗塔問她要不要，但她顯得極為傻眼。

「我跟你說……一般來說，女人送的東西，沒有人會拿去問其他女生要不要。」

「…………」

辛心想：她怎麼知道是女人給我的？

麗塔心想：因為沾到了不同於辛媽媽的香水味啊。這朵似乎屬於淡香品種的天空色玫瑰，帶有明顯不屬於玫瑰的瀟灑清冽的水仙花香。

好吧。

這傢伙愛故作冷靜透徹，其實是個好好先生，大概是替人家撿了掉在地上的東西，對方就送花當謝禮，順便開他玩笑吧。

她帶著苦笑，收下辛一臉為難地拿到她眼前，不知該送還是該收回的玫瑰花。

「好吧，我就收下了……這麼漂亮不拿可惜。」

因為辛對這些花花草草一定沒什麼興趣，卻一路拿到這裡沒有丟掉，如果是想到麗塔可能會喜歡才這麼做，即使只是這樣也令她滿開心的。

麗塔約辛出來，一是為了送他生日禮物，一則是有一家咖啡廳她很想去，但覺得有點貴而躊躇不前，可是聽說情侶入店的話可以打折。

況且如果當著最近因為女兒長大而變得有點囉嗦的父親，或是都老大不小了，最近卻反而更愛開她玩笑的雷面前送辛生日禮物，感覺好像會鬧出一些風波。

「嗯，好吃。」

「鮮奶油還有裡面的水果都做得很像……生產工廠的合成糧食最近越做越好了，連嗜好品類的味道都有進步。」

麗塔吃淋上大量共和國沒有栽培的南國產芒果做的醬汁（合成）與同樣屬於合成品的鮮奶油的蛋糕吃得正開心，坐在對面吃同一種蛋糕的辛卻說出這種不知趣的感想，讓她大感掃興地肩膀一垂。

「辛，享用美食的時候不可以說這種話。」

「為什麼？我是在稱讚它啊。」

辛真心感到疑惑地說。「唔──」阿涅塔鼓起腮幫子。坐在旁邊桌位獨自優雅享受咖啡時光，臉上有著傷疤，看起來軍階不低的壯年軍人露出慈愛的微笑。

咖啡廳在鋪石地上打開摺疊式的桌子，當成露天座位。此時收起來的彩色陽傘在碧藍天空與白石街道上就像大朵花苞，共和國國民如蝴蝶般停留於花影下。白銀種軍人獨自享受咖啡，天青種與陽金種的混血青年與雪花種少女打開作業本，金綠種與青玉種的愛侶形影不離，南方黑種的少年少女齊聚一堂，像是一個家庭的兄弟姊妹。月白種的女服務生與焰紅種混血兒服務生在桌位之間來回走動。

「……欸，辛。」

「阿涅塔」看著這一切，忽然問了。

「我問你──你寧可要這樣的世界嗎？」

不知不覺，兩人的身邊空無一人。

無人的無數桌位在乳白色霧氣深鎖的天空下，讓影子淡淡地落在連石板都沒鋪的平坦地上。這些清晰得不自然的地面影子，光線方向七零八落，各自指向不同的方向。

她一回神，發現自己穿著白袍與深藍色的軍服，兩種色彩的對比不知為何令她有種莫名的酸楚。

「這個嘛……或許應該說，這樣的世界也很好。」

回答的辛穿著阿涅塔不熟悉的沙漠迷彩野戰服，它就像是水面反射光線般每一刻都在改變光輝色彩，不規則地幻化成鐵灰色的聯邦軍服或機甲戰鬥服。還有顏色淡薄不顯眼但確實留下的多道傷痕，以及脖子上不知是如何造成的斬首般的傷疤。

「不用被剝奪什麼，不用失去什麼，不用背負任何傷痛。如果世界能像這樣，有些人……所有人都能溫柔一點，我也不用當死神了。」

不用訓練出一身機甲的操縱技術，或是如何運用突擊步槍，如何擊發手槍，也不用學會漠視自身情感的技術與扼殺心靈的方法。

根本就不想要的戰鬥才能，讓它一輩子沉眠就好。

最重要的是，曾經並肩作戰而先走一步的戰友們一定都不用在那沒有未來，連可供安息的墳墓都沒有的第八十六區戰場捐軀。

也不用拿不值一提的鋁製墓碑，以及辛說好會帶所有人走到自己的生命盡頭，這種過於微小的約定當成希望或安慰。

可是……

即使如此……

「在這個世界，有些人我無緣認識。有些風景與話語我從來不曾接觸，所以，我不能說我寧可要這樣的世界。」

阿涅塔面露微笑，帶著僅僅一抹寂寥聽著這番話，覺得可想而知。

周圍沒有人影或說話聲，桌席如今也淡化到連影子都變得稀微，讓她連眼前的人是什麼表情都再也無法看清。

不知為何，她只知道辛露出了一絲淺淺的微笑。

彷彿承受傷痛、吞下眼淚，儘管輕描淡寫，但終究是微笑了。

「『我寧可不要那個世界』，這種話我說不出口。」

阿涅塔淡然微笑了。

「……這樣啊。」

「我想也是。」

輕聲低喃後，她發現自己待在軍械庫基地第一隊舍的個人房間。

阿涅塔眨眨眼睛，從床上坐起來。這張大床就連她這個千金小姐都覺得夠大，比起樓下的處理終端們分配到的床，堪稱奢侈。校官用的寬敞臥室足以容納這樣的大床。

當然，辛不在這裡。

反正不怕被看到，她獨自頂著一頭睡亂的頭髮苦笑了。

竟然還問人家：你寧可要這樣的世界嗎？

「我真是的……這麼放不下。」

辛仰望著日漸熟悉的軍械庫基地個人房間的天花板，心想「真是作了個怪夢」。

包括辛的房間在內，這座基地的尉官宿舍裝潢簡約，只擺放了最低限度的家具，但基地本身是新建的，而且結構是標準的剛健質樸。辛看慣了第八十六區那種好像管它要漏雨還是漏風都隨便，不但組裝方式粗製濫造，還在風吹雨打下變得破破爛爛的隊舍，這種基地對他來說已經夠奢侈了。剛分發到這裡時，他還覺得有點——不太習慣，待起來反而很不自在。現在回想起來，那時的自己對戰場以外的環境還太生疏。

心靈仍未完全脫離第八十六區的戰場。

然而如今，他也日漸熟悉這個環境了。

也能去追求原本害怕抱持期望的未來與幸福，心中不再有抵抗感。

對，第八十六區的那個戰場，不知不覺間已經離自己如此遙遠。

更別說昔日歲月的記憶早已淡去，卻現在才來幻想（夢見）在共和國和平度日。

如果是那樣的世界，每一位戰友——以及辛的爸媽與哥哥就都不用死了。儘管思及此一事實確實令他心痛，但是……

「我現在，已經不想……再排斥這樣的世界了。」

因為現在的他再也不會覺得他寧可不認識在這樣的世界邂逅的人們，寧可不要這些邂逅，寧可不要這麼無情的世界——他不會再輕易捨棄這些事物了。

後記

歡迎來到久違了的戰死者零人地獄！大家好，我是安里アサト。所以這是一本短篇集。

這次以與書名同名的辛過去篇〈幼態延續：斷章〉為中心，收錄了第八十六區時期的故事。〈幼態延續：斷章〉在KAKUYOMU連載時獲得的感想幾乎都是哀號慘叫，希望在文庫版初次閱讀的讀者也能發出動聽的哀叫！

另外也收錄了以庫丘視角描寫的先鋒戰隊一日生活〈檢傷分類黑卡的平凡日常〉、辛等五人開朗愉快的黃泉路〈忘川之畔〉、可愛的那傢伙真面目揭曉的〈菲多〉，加上三篇全新作品，請讀者一併欣賞。

然後，《ラン・スルー・ザ・バトルフロント》（山崎博也老師，マンガUP！）、《フラグメンタル・ネオテニー》（シンジョウタクヤ老師，月刊Comic Alive）已經開始連載了，也請大家務必一讀！

接著進入謝詞的部分。

責任編輯清瀨氏、土屋氏，感謝你們讓我愛寫什麼都盡量寫，而且真的從頭到尾沒喊停。しらび老師，封面十一歲的辛實在太可愛，導致我對於讓他在正篇內容發生那麼多悲慘遭遇，覺得罪惡感好深……I-Ⅳ老師，若不是您在Twitter上傳了菲多跳舞的插畫，我絕對寫不出辛替菲多取名字的「附錄」！

吉原老師，第三集封面、封底的諾贊兄弟對比真是扎心。染宮老師，蕾娜與八六們的戰鬥（打雪仗、考試與年初特賣）溫暖了我的心。山﨑老師，兩大戰力的交戰與纖細的心理描寫令我心情大受震撼。シンジョウ老師，零距離射擊的場面以及在那之前的每一格作畫，只能說真是帥呆了……石井監督，每集天衣無縫的半小時內容，總是讓我驚呼：「太強了……」

然後是賞光買下本書的各位讀者，謝謝大家一直以來的支持。辛始自十一歲與「軍團」之間長達七年的戰役，將從下一集正式步向決戰時刻。

那麼，願本書能暫時將您帶往從稚子轉變為東部戰線無頭死神的一名少年兵身邊，以及無頭死神曾與戰友們共度一段時光的戰場。

後記執筆中ＢＧＭ：亂世エロイカ（ALI PROJECT）

記憶縫線YOUR FORMA 1 待續

Kadokawa Fantastic Novels

作者：菊石まれほ　插畫：野崎つばた

潛入腦內紀錄，解決重大案件，
稀世互補搭檔對抗危害世界的電子犯罪！

　　腦部用縫線〈YOUR FORMA〉進化為日常生活不可或缺的資訊終端機，記錄著視覺、聽覺，甚至情緒。電索官埃緹卡的工作便是潛入這些紀錄，搜索案件的蛛絲馬跡。她的新搭檔是人形機器人〈阿米客思〉，然而她因為過去的心靈創傷而嫌棄阿米客思──

NT$220/HK$73

國家圖書館出版品預行編目資料

86-不存在的戰區. Ep.10, Fragmental neoteny/安里アサト作；可倫譯. -- 初版. -- 臺北市：臺灣角川股份有限公司, 2022.03

面；　公分. -- (Kadokawa fantastic novels)

譯自：86─エイティシックス. Ep.10, フラグメンタル・ネオテニー─

ISBN 978-626-321-274-9(平裝)

861.57　　　111000479

Kadokawa
Fantastic
Novels

86—不存在的戰區—Ep.10

—Fragmental neoteny—

（原著名：８６—エイティシックス—Ep.10—フラグメンタル・ネオテニー—）

2022年3月28日　初版第1刷發行
2024年6月17日　初版第7刷發行

作　者：安里アサト
插　畫：しらび
機械設計：I－IV
日版設計：AFTERGLOW
譯　者：可倫

發　行　人：台灣角川股份有限公司
總　監：呂慧君
總　編　輯：蔡佩芬
主　編：林秀儒
編　輯：孫千棻
設計指導：陳晞叡
美術設計：莊捷寧
印　務：李明修（主任）、張加恩（主任）、張凱棋、潘尚琪

發　行　所：台灣角川股份有限公司
地　址：104台北市中山區松江路223號3樓
電　話：（02）2515-3000
傳　真：（02）2515-0033
網　址：www.kadokawa.com.tw
劃撥帳戶：台灣角川股份有限公司
劃撥帳號：19487412
法律顧問：有澤法律事務所
製　版：巨茂科技印刷有限公司
ISBN：978-626-321-274-9

86—EIGHTY SIX— Ep.10 —FRAGMENTAL NEOTENY—

Edited by 電撃文庫
First published in Japan in 2021 by KADOKAWA CORPORATION, Tokyo.
Complex Chinese translation rights arranged with KADOKAWA CORPORATION, Tokyo.